낙타의 눈

지은이

서정

서울에서 노문학과 영문학을, 모스크바에서 정치문화를 공부했
다. 러시아, 그리스, 벨라루스, 베네수엘라, 노르웨이 등 여러 나
라를 옮겨 다니며 살았다. 문화가 교차하는 지점에서 발생하는
일들에 관심이 있다. 다양한 매체에 산문을 싣고 외국어로 된 글
을 우리말로 옮긴다. 지은 책으로 『그들을 따라 유럽의 변경을
걸었다』, 옮긴 책으로 『행복한 장례식』이 있다.

낙타의 눈

초판인쇄 2022년 11월 20일 **초판발행** 2022년 11월 30일

글쓴이 서정 **펴낸이** 박성모 **펴낸곳** 소명출판 **출판등록** 제1998-000017호

주소 서울시 서초구 사임당로14길 15 서광빌딩 2층

전화 02-585-7840 **팩스** 02-585-7848

전자우편 somyungbooks@daum.net **홈페이지** www.somyong.co.kr

값 19,000원

ISBN 979-11-5905-734-2 03810

ⓒ 서정, 2022

문학인 산문선—01

낙타
의
─ 눈

서정 지음

백야

새벽. 아이가 온다. 오줌 싸려고
일어났다가 건조해진 콧속이
근질거려 콧등을 비틀다가 코피가
흐르고, 잠결에 휴지를 둘둘 말아
콧구멍 쪽을 대충 훔치고는 내 옆으로 와
눕는다. 기억하지 못하는 꿈을 꾼 것처럼 다시
스르르 눈을 감는 아이를 바라보다 하늘을
향한 동그란 뺨 위로 내 편평한 뺨을
대본다. "따뜻하네, 엄마 얼굴." 아이는
배냇 웃음 같은 웃음을 짓는다. 백야가
계속되고 새벽이 길어지고 아이도 나도
지난 꿈과 아직 꾸지 못한 꿈을 다시
꾸고 또 꾸고.

1장

대포 소리와 불꽃놀이

2장

노오란 꽃가루가
검은 원피스
위로

3장

트라페자

4장

오늘만큼은 공중 도약을

5장

남루한 폐허의 고향 신들

6장

자연의 비명

대포 소리와
불꽃놀이

낙타의 눈

눈물의 섬을 거실 창 가득 담은 9층 아파트에 보타 파니코가 산다. 그녀의 아침은 커피를 진하게 내리고 생 햄 프로슈토를 치아바타 종류의 빵에 곁들여 과일과 함께 푸짐하게 차려내는 것으로 시작된다. 공산품은 대형 매장에서 대용량으로 포장된 제품을 최저가로 구매하지만 식재료만큼은 늘 신선한 것으로 조금씩 구입한다. 어쩌다 도매시장 같은 델 가서 바질을 잔뜩 사는 날엔 페스토를 만들어 소분 용기에 담은 다음 냉동실에 차곡차곡 포개 넣기도 하고, 토마토나 파프리카 같은 걸 상자째 사서 붉은 소스를 만들어 얼리는 날도 있기는 했지만 대체로 그랬다. 지금은 남편이 된 크리스 파니코를 처음 만났을 때 보타의 이목을 끈 것은 그가 구사할 수 있는 외국어가 적지 않다는 것과 각 언어권에 대한 그의 이해 수준 또한 상당하다는 데 있었다. 그는 모국어인 영어 외에 러시아어, 독일어, 이탈리아어, 튀르키예어를 자유롭게 오가며 대화할 수 있으며 늘 새로운 언어를 배우기 시작할 각오가 되어 있다. 그가 가장 좋아하는 쇼핑 품목은 유리잔이다. 색유리로 만든 제품은 좋아하지 않는다. 투명하지만 표면이 독특하게 커팅된 깊고 얕고 넓고 좁은 잔들을 정기적으로 사들인다. 보타는 물건이 필요 이상으로 많은 것 자체가 탐탁잖지만 기왕에 살 것이라면 이미 수량이 충분한 투명유리보다는 색유리가 좋다는 입장이다. "아직 가보지 못한 도시 피렌체나 비엔나에는 저런 색유리로 만든 멋진 물건이 가득 있으리라." 인간 고도의 기획, 최고의 예술이 꽃핀 그 도시들을 보타는 늘 마음에 두었다.

살얼음이 군데군데 보이는 눈물의 섬 주변을 걸으며 안나는 이 도시가 주는 연극 무대 같은 느낌에 대해 생각해 보았다. 안나가 이 도시 민스크에 거주하게 된 데는 필연과 우연이 적절히 섞여 들어있다. 유럽 지역 근무를 자청했으니 유럽 땅에 발을 디딘 것은 필연이고, 하필 벨라루스라는 나라의 민스크 지사로 오게 될 줄은 몰랐으니 우연이기도 하다.

"러시아어는 어느 정도 하십니까?"

부임 인사 후 지사에 근무하는 한 고려인 직원이 한국어로 조심스레 물었다. 한국인 주재원들과 고려인, 벨라루스인, 러시아인 직원들이 함께 근무하는 사무실 환경이다. 러시아어를 못하는 주재원들은 거래처나 현지 직원들과 주로 영어로 소통하는데 피차 온전치 못한 외국어인지라 이쪽에서 러시아어를 조금 배우면 저쪽에선 업무가 한결 쉽겠다고 여기는 모양이었다. 안나가 러시아어를 제대로 공부하기 시작한 것은 대학 3학년 무렵부터였다. 남들은 취업 준비에 한창이던 그 시기에 그녀는 러시아문학 강독 수업을 계기로 슬라브 문화에 빠져들었다. 러시아어를 좀 더 능숙하게 다루고 싶었고 도스토옙스키와 불가코프를 읽었고 나중엔 모스크바로 건너가 그 사회를 직접 보며 러시아의 몇몇 도시들을 여행했다. 안나라는 이름은 러시아어를 가르쳐 준 그녀의 첫 스승이 그녀에게 준 슬라브식 이름이었다. 이번에 발을 들여놓게 된 벨라루스라는 나라는 러시아어가 공식어로 통하지만 러시아는 아닌 낯선 곳이라 좀 긴장하고 있는 참이다. 수도 민스크는 고립된 도시처럼 보였다. 역사적으로는 폴란드와 리투아니아, 러시아에 시달린 세월이 길기 때문이고 현재는 장기 집권하고 있는 독재자의 통제 정책 때문에 그렇다. 독재 권력에 의해 통제되는 것이 많은 이 나라엔 외국인도 많지 않다. 길에는 노점상도 없고 걸인도 없다. 강력한 권력에 도전하거나 그 권력의 정당성을 의심하고 비판하는 사람은 수감 생활을 면할 수 없기 때문에 이 사회는 마치 멸균실과도 같고 연극 무대와도 같다.

안나에게는 만 다섯 살 난 아들이 있다. 아이를 '미래의 아이들' 유치원에 보내기 시작했을 무렵이었다. 저녁 즈음 아이를 데리러 가면 그녀는 널따란 유치원 뜰에 앉아 있는 때가 많았다. 놀이 기구들은 알록달록 원색으로 칠해 언뜻 보기에 산뜻해 보이지만 꽤 낡아 삐걱거렸다. 벨라루스인은 동슬라브인으로 전형적인 백인의 모습이고 여기에 사는 다른 외국인이래야 대부분 다른 슬라브인이거나 게르만 계통의 백인이라서 동양인은 어디서나 눈에 띈다. 얼마간 거주하게 된 것이지만 그 기간만큼은 현지 아이들과 큰 이질감 없이 어울렸으면 하는 바람에서 그녀는 아들에게 안드레이라는 슬라브식 이름을 지어주었다. 벨라루스 아이들도 신기하게 여길 일이었다. 까만 눈동자의 아이가 안드레이라니.

"어? 우리 엄마인 줄 알았어요. 멀리서 보니까 꼭 우리 엄마 같잖아."

"그래? 난 안드레이 엄마 안나야. 지난주부터 여기 다니고 있는 안드레이 누군지 알지?"

"아, 아줌마 이름이 안나구나. 우리 엄마는 보타예요. 이따가 나 데리러 올 거예요."

"내가 너희 엄마랑 닮았니? 어디가?"

"그니까, 눈이 이렇게 옆으로 길게 나 있고 가늘고 또 눈 속이 까맣고 말이에요."

유치원 아이 중에 처음 안나와 대화 상대가 된 것은 제임스 파니코였는데 그녀는 아이의 얼굴에서 동서양이 혼재된 느낌을 받았다. 잠시 후 철문을 열고 유치원 뜰로 들어온 제임스의 엄마 보타 파니코의 얼굴은 동양인의 얼굴이었다. 처음엔 고려인이 아닌가 싶었다. 그러나 고려인들은 한국 사람을 만날 경우 그럴 수만 있다면 대부분 한국말을 해보려고 노력한다는 것이 떠올랐다. 간단한 인사말이나 아는 단어 단 하나라도, 그

것이야말로 서로 연결된 존재라는 결정적인 증거이고, 그것으로써 소통이 자연스럽게 시작될 수 있으니까. 그러나 보타는 한국말을 할 줄 몰랐다.

"그래서 그랬구나. 어제던가, 안드레이가 나를 보고 한국말로 뭐라 하는 것 같았어요. 나야 알아들을 수 없었지만 아이는 내가 한국 사람인 줄 알고 반가워서 그런가 보다 짐작은 했어요."

"본능적인 건가 봐요. 여기가 외국인 줄 알면서도 자기랑 비슷하게 생긴 사람을 보면 바로 한국말이 나오고 자기랑 좀 다르다 싶으면 그 사람이 말하는 걸 몇 마디 듣고는 영어 쓰는 사람인지, 러시아어 쓰는 사람인지 판단을 내려요. 그다음에야 말이 되든 안 되든 영어나 러시아어를 떠올리려고 애쓰고요."

"난 카자흐인이에요. 알마티에서 두 시간 정도 걸리는 카자흐스탄의 작은 마을 출신이죠."

"아이 이름이 제임스라 좀 의외였어요. 러시아 이름도 중앙아시아 이름도 아닌 것 같은데요."

"남편이 미국 사람이에요. 증조부가 이탈리아에서 이주한 이민 1세대였다고 해요."

정수리에서부터 곧게 뻗은 이마, 동양인의 얼굴치고는 꽤 길고 높은 콧날, 약간 창백한 기운이 도는 갸름한 입술, 그리고 수줍은 듯, 신중한 듯, 감정을 크게 드러내지 않는 표정, 그러한 표정에 비해 놀라우리만치 당당하게 뱃속 깊은 곳으로부터 울려 나오는 목소리, 가늘고 긴 팔다리를 가진 이가 보타 파니코다.

안나는 자신이 좀 쓸쓸해 보이는 사람들에게 끌리는 모양이라고 생각했다. 누구와도 잘 어울리는 자신감 넘치는 사람들이 어쩐지 그녀는 미덥지 못했다. 낯선 환경에서는 주눅이 들기도 하고 어쩌다 겨우 용기 내서 먼저 누군가에게 손을 내밀기도 하고 때로 그 선의가 배신당한 경험도 가지고 있는 사람이 편했다. 그러니까 실패의 경험을 과소 평가하지도 과대 포장하지도 않으면서 약간 쓸쓸한 태도를 유지하는 사람들에겐 그녀도 긴장을 늦추게 되었다. 보타의 눈에는 그런 쓸쓸함과 동시에 도전 정신이랄까 똘끼 같은 것이 함께 담겨있다는 점이 특이했다. 그들은 서너 번 만난 뒤로 누가 먼저랄 것도 없이 서로 경어를 쓰지 않게 되었다.

"나는 소비에트인으로서 마지막 세대야. 집단농장이니 피오네르니 하는 것들이 물론 내 어린 시절의 일정 부분을 차지하지. 그렇지만 고향 마을을 생각할라치면 제일 먼저 떠오르는 건 드넓은 초원과 숨겨진 호수야. 우리 집엔 딸만 셋이었는데 엄만 아들 못 낳았다고 할머니한테 온갖 구박은 다 받으면서도 큰딸로서 나를 특별히 여기며 키우셨어. 앞으로 무슨 일을 하며 살지 아직 정하지 못한 채로 소련이 무너졌어. 시절이 하 수상해도 돈이 돌아가는 곳엔 어디나 경리나 회계사가 있는 법이니까 엄마는 내게 회계를 배우게 했어. 안나, 그런데 그

초원이란 곳이 그래. 가도 가도 끝이 없고 '어디가 어디다'라고 구분할 수 있는 그런 게 없는 곳이야. 가슴이 탁 트이기도 하고 한없이 두려움이 몰려오는 그런 곳이지. 거긴 시간 개념이 희박해. 어제와 같은 오늘, 오늘과 같을 내일이 있을 뿐이지. 그러다 그 야만, 야생의 공간을 탈출하고 싶어져 영어를 배웠어. 항공사에 들어갔고 비행운을 뒤로하며 날아다녔는데 크리스를 만난 것도 그때야."

지끼 나로드giki narod, 미개한 민족. 그녀는 그 땅의 사람들을 그렇게 불렀다. 그들이 사는 땅엔 광활한 대자연으로부터 얻는 위로와 자유만 있는 것은 아니라고 했다. 그런 것은 기껏해야 한 달 정도 머물며 잘 쉬다 가는 서양 여행객들에게나 매력적으로 보일 따름이라고. 무기력하게 술에 취해있는 시간이 많은 남자들과 종일 시장에 나가 물건을 팔아 봐야 아이들 키우기에도 빠듯한 살림을 온몸으로 감당하는 여자들 사이에서 어린 보타는 무조건 영어를 익혀 살아남아야겠다고 생각했다. 그리고는 항공사에 취직해 하늘을 날아다니며 그 야만의 땅을 탈출하는 발판을 마련했다.

"그동안 내가 생각했던 야생이란 좀 낭만적인 구석이 많았던 것 같아."

안나는 좀 무안한 얼굴이 되었다. 외지인들이 대개 몽골의 고비사막이나 시베리아의 바이칼호수, 볼리비아의 우유니 같은 곳을 떠올리면서 펼치는 전형적인 상상 속에 그녀 또한 있었다.

"거긴 어떠한 문화적인 것도 없어."

보타는 여전히 소비에트인이다. 비싼 옷, 화려한 장신구, 명품 가방 같은 것엔 관심조차 없다. 물건을 살 때 그녀가 특별히 즐겨 쓰는 단어가 있다. 까체스트벤늬kachestvenny, '고품질의' 라는 뜻을 가진 단어. 필요에 부합하고, 비싸지 않은 물건 중 가장 품질이 좋은 것을 사면 된다. 브랜드 따위에 현혹될 일이 아니다. 그러나 보타가 정신 못 차리게 마음을 뺏기게 되는 일은 따로 있다. 일주일에 한 번은 반드시 발레나 오페라 극장, 아니면 오케스트라의 연주회라도 가야 한다. 미술 전시회나 박물관도 정기적으로 들러야 하고.

"그런 게 문화니까. 인간을 인간답게 하는."

안나는 가끔 자기 떠돌이 기질이 어디서부터 시작된 걸까 생각해 보곤 했다. 외국어를 배우면서 다양한 문화권의 사람들을 만나고 전혀 다른 장소에서 살아 볼 기회를 얻게 되었겠지만 그건 오히려 결과적인 측면이 아닐까. 답답한 현실에서 탈출하고픈 욕구가 외국어 학습에의 열의로 이어진 것은 아닐까.

그녀의 학창 시절은 규격을 벗어나지 않았다. 다만 억눌린 울분 같은 것은 있었다. 고등학생 시절 막바지 전교조 가입 교사들이 해직되기 시작했다. 대학에 들어가니 들어본 적 없는 한국 현대사와 정치경제학 스터디그룹 참여를 독려하는 분위기였고 문제 의식이 없는 자는 대학생이 아니라고 생각될 정도였다. 그러다 고학년이 되니 대기업 취직과 번듯한 소개팅 자리에 다들 목을 매게 되면서 문제 의식 따위는 없는 편이 오히려 속 편한 상황이 되었다. 이상과 현실의 괴리니 뭐니 하면서 퇴근 후 술타령이나 하는 선배들이 그녀는 꼴도 보기 싫었고 영화를 보고 소설을 읽듯 외국어에 빠져들었다. 일종의 도피가 맞기는 맞았다. 그저 광활함 하나에 매료되어 찾아갔던 러시아에서는 그녀와는 비교도 되지 않는 소화불량과 정신착란을 국민 대부분이 겪고 있었다. 소련이 무너지고 몇 년 지나지 않은 시점이었고 거리에는 연금 수급자들이 싼 물건들을 파는 컨테이너 앞에 백 미터씩 줄을 서 있었다. 안나는 그 옆을 지나다가 날아온 감자에 가끔 등짝을 맞기도 했다. 자본주의 앞잡이 노릇을 하는 외국인들은 썩 나가라고 미친 듯이 외치는 노인들이 던진 감자였다. 부족한 생필품을 소포로 받느라(소포는 수령 창구로 가서 직접 찾아와야 했다), 가족들에게 편지를 부치느라 가끔 우체국을 찾으면 노인들이 출입문 밖으로 몇십 미터씩 길게 줄 서 있었다. 연금 수령일이 되면 한 달의 생존이 그 돈에 전부 달린 처지이니 현역에서 은퇴한 사람들은 하나같이 만사 제치고 그 줄에 서야만 했다. 민망함에 차마 묻지 못했지만, 나중에 대학 근처 골목의 방 하나를 빌려준 아파트 주인 노파가 말하기로는 그 액수가 천오백 루블이라 했다. 미화로 오십 달러 정도 되는 돈이었다.

"여행을 많이 해 본 사람들이 그러는데, 처음 여행에 빠진 사람들은 대개 뉴욕, 런던, 파리, 로마, 베를린 같은 도시들을 돌며 박물관이나 갤러리에서 문화 유산들을 살피거나 유적지를 탐방하는 데 열의를 보인대. 그러다 노르웨이의 피오르 같이 입이 떡 벌어지게 하는 자연 경관들에 탐닉하게 되고. 마지막엔 어떻다고 하는지 알아? 몽골의 사막, 극지방의 얼음 땅 같은 곳에 가서 고생하는 극한 체험을 동경한다는 거야."

"넌, 내가 그 반대로 움직이고 있다고 말하고 싶은 거지?"

"뭐, 그렇기도 하고. 또 그보다는 그런 통계가 얼마나 서구 중심으로 이루어져 왔는지 이제 알겠다는 것이기도 하고."

안나는 보타네 집에 종종 들렀다. 식구 중 매운 음식이나 푹 곤 국물을 먹는 사람이 없다 보니 보타 혼자서는 요리해 먹을 엄두가 나질 않는데 안나네는 늘 고추장이니 고춧가루, 마늘을 사용했고 다양한 고깃국물 요리 레시피를 가지고 있으니 보타는 함께 밥 먹는 친구로 안나를 늘 반겼다. 보타는 때때로 컴퓨터 앞에 앉아 인터넷 쇼핑 중이었다.

"어, 이 사이트 벨라루스나 러시아 사이트가 아니네? 미국 사이트잖아."

"벨라루스나 러시아 쪽 옷들은 도대체 품질을 믿을 수가 없고 유럽 옷들은 지나치게 귀족적인 데가 있어. 아이들 입히기에는 이 사이트의 옷 같은 것들이 딱 좋아. 배송료도 비싸지 않고."

"제임스도 미국 옷을 더 좋아하니?"

"에이. 요즘 애들이야 그런 게 어디 있어. 그냥 사다 주는 대로 입는 거지. 우리 어릴 때야 외국 물건이 워낙 귀해서 멀리서 구해 온 물건이면 그걸로 부러움의 대상이 되곤 했지만 말이야."

둘은 제법 다양한 주제로 얘기를 나누었지만 보타는 고향 마을 얘기로 돌아가는 때가 많았다. 말끔하게 치워놓은 거실에선 텔레비전이 혼자 떠들고 있었다. 동물의 왕국. 안나는 주말 오후에 늘 동물의 왕국을 보시던 아버지가 생각났다.

"내가 동물이라면 어떤 쪽에 어울릴 것 같니? 사실 나를 부르던 동물 이름이 있기는 했거든."

"나는 오리. 뒤뚱거리며 걷는다고 오리였다나?"

정작 보타는 자기 동물 이름을 안나에게 일러주지 않았다.

남편 크리스는 다양한 외국어를 구사할 줄 알 뿐 아니라 문명에 대한 편견이 없었다. 보타는 그의 영향을 적잖게 받았다.

"있잖아, 안나. 10년 전 즈음인가 봐. 크리스가 내게 잭 런던의 소설들을 권했어. 러시아어와는 너무 다른 영어의 세계는 여전히 내게 두려움을 줘. 도무지 속으로 깊숙이 들어갈 수 없을 것 같지만 그의 모험 소설들을 읽으면 추상적인 두려움이 사라지지. 아니, 두려움이 사라진다기보다 도처에 두려움이 존재하기 때문에 그것이 러시아어의 세계에 있든 영어의 세계에 있든 특별히 더 두려워할 필요는 없다는 생각이 드는지도 모르겠어. 『삶의 법칙』이란 소설이 기억에 남아. 북아메리카의 원주민들은 수렵 생활을 하다가 주위에 사냥감이 떨어지면 정착지로 정했던 곳의 천막들을 거두고 새로운 터전으로 옮겨 다녔는데, 공동체에 심각한 병이 들거나 기력이 다한 사람이 있으면 약간의 장작더미를 그에게 마련해 주고는 다들 떠나버렸다는 거야. 그렇게 남겨진, 이제는 공동체 밖으로 밀려난 사람은 장작 수만큼의 시간을 겨우 벌고는 자기 삶의 뜻 있는 순간들을 하나씩 소환해 불꽃과 함께 타오르게 했다가 마지막 불씨가 사그라지면 연기와 함께 자신도 그만 숨을 멎는다는 거야. 그 마지막 순간까지 가지 못하고 사나운 짐승의 먹잇감이 될 수도 있지만 그에겐 이나저나 마찬가지가 돼."

안나는 보타를 통해 야생이 지닌 다양한 특성들을 보고 있었다. 크리스 덕분에 보타는 자기가 탈출한 늪의 의미를 찬찬히 되돌아보는지도 모른다. 안나는 보타 비슷한 사람 하나를 떠올렸다. 고려인 화가 박 선생님.

지금의 직장에 들어오기 전, 한 10년 전쯤 안나는 한 고려인 화가를 취재하러 우즈베키스탄에 간 적이 있다. 미술 월간지에 특집 기사로 내보낸 내용이었다. 선친이 구한말 배고픔을 해결하기 위해 연해주에 땅을 일구면서 시작된 박 씨 일가의 유랑기는 스탈린의 중앙아시아 강제 이주 정책으로 우즈베키스탄으로 이어졌고 제2차 세계대전 발발로 소련의 서부 전선에 그 후세들이 투입되면서 발트해 연안 국가들에까지 비극적으로 확장되었다. 황해도에 일가를 이루고 살던 그들은 레닌그라드에서, 또 리가에서 서양과 마주쳤다. 마주친 서양은 낯설고 섬뜩한 동시에 매혹적이었고 질서가 있었노라고 노 화가는 소회를 풀어놓았다. 사회주의라는 프리즘을 통과해 서양의 물질성과 합리성을 맛보았더라도 다시 중앙아시아로 돌아온 그는 극동의 거친 언덕과 볼가강 유역의 무성한 초원, 발트해의 모래 언덕이 무심히 등장하는 화면을 구현해냈다.

　　안나는 카자흐스탄을 모른다. 단지 우즈베키스탄을 알 뿐. 보타의 텅 빈 눈에서 그 우즈벡 화가의 건조한 바람을 느꼈고 그리하여 우즈베키스탄의 고도 사마르칸트에 빗대어 카자흐스탄의 알마타 근교 작은 마을을 상상할 뿐이다. 그곳은 우즈베키스탄의 모래사막과는 달리 높은 산도 있고 당연히 골짜기도 있다 했지만 어쩐지 안나에게는 그 두 곳이 비슷한 느낌이다.

　　"어떤 곳이야, 너의 고향은?"

　　"차로 삼십 분 정도만 달리면 낮은 아파트들이 모여 있는 주거지를 벗어날 수 있어. 스텝이라고 들어봤지? 초원은 빈 곳이야. 낡고 오래된 곳이지. 그에 비한다면 도시란 틈 없이 꽉 차 있고 오로지 새것만 강요해. 어린 시절 나는 스텝이 지긋지긋하게만 보였고 어서 탈출해야겠다는 의지를 불태웠는데 어쩐지 지금은 종종 그곳 꿈을 꾸곤 해. 다시 돌아가고 싶은 곳은 절대 아닌데도."

"그 마음은 조금 짐작 가는 바가 있는걸. 나만 해도 인생 대부분을 대도시 아파트에서 살아 온 셈인데, 열 살 무렵 잠깐 농촌 마을에 산 적이 있었어. 외딴 단층집 뒤로 복숭아나무가 가득한 과수원이 있었고 그 너머로는 큰 저수지가 있었어. 집 앞 논에 개구리가 엄청나게 울어대서 잠을 잘 수 없을 정도였고. 두부나 콩나물을 사러 가게에 가려면 기찻길을 건너다녀야 했거든. 거기서 산 기간이래야 한 해도 채 되지 않지만 나도 어떤 자유로운 순간을 떠올릴라치면 그 시절이 가장 먼저 떠올라. 오래된 공간이지만 새 이야기가 계속해서 피어오를 것만 같고. 그 재생과 지속성이 영원의 느낌을 가져다주는 게 아닐까 하는데."

스비슬로치강이 민스크 도심을 관통한다. 좁게 흘러가던 물줄기는 유난히 하얗게 보이는 외벽을 두른 성령 대성당을 마주한 곳에서 잠시 방향을 잃는다. 보통 삼위일체 마을이라 부르는 구시가지와 접한 지점에서 물이 넓게 퍼지는 탓에 강은 커다란 호수처럼 보이기도 한다. 수도의 도심치고는 의외로 사방

이 고요한데 고인 물, 갇힌 물이 수면을 맴도는 소음을 모두 삼켜버리기 때문이다. 호수 위에 눈물의 섬이라는 손바닥만 한 땅덩어리가 있다. 아프가니스탄 전쟁에 참전했다가 목숨을 잃은 젊은이들을 두고 마음이 무너져 내린 어머니들을 위해 지은 추모비가 있는 곳. 추모비는 죽은 사람을 위한 것이라기보다 산 사람을 위한 것이니까. 검은 석상의 어머니들 여럿이 비통한 표정으로 정면을 바라보고 있는 입구는 마치 무엇이든 삼키는 검은 입과도 같은데 이것은 곧장 흰 칼날같이 위로 날카롭게 솟은 탑으로 이어진다. 탑 속으로 들어가면 네 귀퉁이에 기도문이 새겨진 것을 볼 수 있고 각각의 기도문을 밝히고 있는 네 쌍의 촛불도 눈에 들어오는데 내부 공간은 매우 비좁고 천정은 하늘 높이 치솟아 있기 때문에 어딘가 모르게 비현실적인 느낌을 더한다. 소리는 사방에서 튕겨 나와 다른 벽에 부딪혔다가 다시 튕겨 나오기를 반복하고 눈길도 그렇게 갈 곳을 모르고 헤맨다. 촛불이 호흡을 방해할 때쯤 되면 자꾸만 높은 천정으로 눈길을 돌리게 된다. 시선의 소실점 되는 곳에 바늘귀 같은 구멍이 있고 거기로 높이를 가늠하기 힘든 하늘이 뵌다. 좁은 구멍 밖 푸른 하늘을 확인하느라 목을 쭉 빼게 되면 머리가 흔들리곤 한다. 마치 모스크바의 레닌대로에 서 있는 인류 최초의 우주인 유리 가가린 동상을 영하 22도의 겨울밤에 올려다보았을 때와 비슷한 느낌이 든다. 유리 가가린이 탄 비행선은 '보스토크호'였다. 보스토크는 '동쪽'이란 뜻이다. 압도적으로 높은 곳에 있는 의지의 인간을 볼 때의 아찔함이 있다.

보타 파니코는 의지의 인간이다. 그녀는 소비에트 시대의 마지막 세대였고 그에 어울리는 물질관과 세계관을 가지고 있다. 그녀는 20세기 말, 사회주의권 몰락의 시기에 청년 시기를 보냈다. 소비에트 연방이라는 인류 최대의 기획 속에서 자랐으나 동시에 그녀가 뛰어논 자리는 야생 중의 야생 스텝이다. 안나는 보타가 자신과 정 반대 지점에 있던 존재라고, 머리로는 분명 그렇다고 결론지었다. 방위표에서 자신이 남동쪽에 있다면 보타는 북서쪽에 있었으리라. 자본주의와 공산주의, 문명과 야생. 그러나 둘을 묶는 끈이 있는 것도 같았다.

민스크 시내에는 큰 신발 가게가 몇 있다. 그중 안나의 단골 가게는 바가본드vagabond, 방랑자다. 그 가게에는 낮은 통굽의 단화나 등산화를 닮은 워커류가 주종을 이루고 드물게 정장류의 구두도 있지만 또각거리는 킬힐은 없고 좀 둔한 듯 보이는 로퍼나 땅에 납작하게 붙은 플랫슈즈, 밑창 전체가 굽으로 연결된 웨지힐이 있을 뿐이다. 안나는 삼사 년 전 한참 서유럽으로 자주 출장 다닐 때 저 이름으로 신발 파는 가게를 여럿 보았고 그 낯선 도시에 대한 인상의 연장으로 민스크에 와서도 줄곧 이 가게를 즐겨 찾았다. 편의점에서 음료수 사듯 자주, 쉽게 사는 것이 신발은 아니니까 열 번 방문하면 구입은 한 번 할까 말까였지만 방랑자 신발을 신으면 직장이며 주거지에 매인 몸이 가벼운 마음을 입을까 싶어서 이 신발 저 신발 안으로 발을 찔러 넣어 보았다. 그리고 신발 한 켤레만큼의 환상을 가지고 도심을 활보했다. 매일 밟는 땅을 쳇바퀴 돌 듯하면서도, 안나는 얼마 전 시몬 드 보부아르가 『모스크바에서의 오해』라는 책에서 이렇게 쓴 것을 보았다. "우리가 천국, 아니면 지옥에 가서 던질 첫 마디가 '난 완전히 길을 잃은 것 같은 기분이 들어'일 거야"라고. 자신의 삶을 가장 절실하게 사랑하는 방법은 삶 자체를 낯설게 바라보는 것이라고 안나는 생각했다. 보타는 그런 점에서 안나와 비슷한 점이 있었다.

늘 무언가를 배우는 데 열심인 보타가 이번에 재미를 붙인 것은 옷 만들기다. 안나가 확인한 것은 이미 완성해 놓은 치마 몇 벌과 원피스 두 벌, 모자뿐이지만 지난 1년간 재단과 재봉질을 두루 배웠다고 했다. 그간 그녀가 애쓰고 배운 것들은 사진술에 목공, 종이 공예 등 한참 많다. 짧게는 6개월, 길게는 1~2년씩 배우고 나면 그러나 맥 빠진 어깨를 하고는 이렇게 말하는 것이다.

"물건을 만들어 가게를 차릴 것도 아닌데 이게 다 무슨 소용이야."

그리고 다음 날로 요가를 배울까, 사이클을 탈까 새로운 고민을 시작한다.

"보타, 매초를 최대로 살리려고 하다가는 금방 숨이 끊어질지도 몰라."
"나는 미국의 자유주의식 교육 방법이 정말 맘에 들지 않아.

아이들은 좀 엄격하게 기를 필요가 있다고."

소련 가정에서 자란 보타는 지금 미국 가정을 꾸리고 있다. 가족 구성원 사이에 흐르는 암묵적 가치 또한 소련과 미국 사이에서 널을 뛴다.

그녀는 선반에 장식한 색유리잔 중에 때에 따라 마음에 드는 것으로 골라 상을 차린다. 바질 잎과 토마토, 생햄은 신선해야 한다. 파니코 집안은 이탈리아 이민자 출신이니 그들의 식탁에는 바질 페스토와 토마토소스, 프로슈토가 빠질 날이 없다. 늘 가족의 일이 먼저인 보타가 자신을 의식하는 때는 그릇을 고를 때다. 자줏빛과 노란빛 혹은 짙은 푸른빛과 옅은 회색빛의 콤비네이션. 또 오후에 와인을 한 잔씩 마실 때도. 술이 가져다주는 열기가 빨리 늙어버린 것 같은 느낌의 자신에게 삶의 활기를 가져다준다고 그랬던가.

"아, 저 풍경은 정말 카자흐스탄이 맞아." 그녀의 표정에는 그리움이라 해도 좋을, 때때로 지긋지긋하다는 표정이 섞여들기는 하지만, 그래도 익숙한 많은 것들이 있는 자연스러운 풍경에 대한 온기가 배어있었다. 보타 파니코의 시간은 무중력 상태에 있는 듯했다. 먼 곳에 대한 응시를 안은, 그래서 현실을 한껏 살고 있지만 동시에 허공에서 발을 구르고 팔을 내저으며 리드미컬한 곡선을 그리는. 단조롭지만 언제까지나 계속될 듯 중음中音과 함께. 부정도 긍정도 아닌 유영하는.

"내 이름 뜻이 뭔지 알아? 듣고 나서 놀리지 않는다고 약속해."

안나가 보타에게 이름 뜻을 물은 지는 꽤 오래되었다. 매번 다른 화제로 말을 돌리곤 하더니 고향 마을에 다녀온 후 보타는 스스로 입을 열었다.

"응? 놀리기는. 뭔데?"
"보타고즈…… 어린 낙타의 눈이란 뜻인데……."

카자흐스탄의 초원에서 어린 낙타의 눈만큼 예쁜 것은 없다고 한다. 까맣고 동그란, 반짝이는 눈. 가장 빛나는 아이가 되리라는 부모의 염원이 담긴, 시원적 아름다움이 묻어나는 이름. 탄생의 빛과 죽음의 통곡이 묻어나는 이름. 뜨겁게 머물다 차갑게 떠나가는 방랑자의 이름. 이제 다시 찾은 오래된 새 이름.

니콜라이 카푸스틴(1937 ~ 2020)

니콜라이 카푸스틴의 세계

벌써 몇 년 전 일이다. 모스크바에서 가깝게 지내던 후배가 민스크에 들렀다가 유럽으로 떠날 생각이라기에 나는 염치 불고하고 그에게 부탁했다. 카푸스틴 음반 하나 구해달라는. 물자 귀한 민스크에서나 구하기 어렵지, 모스크바라면 동네 음반 가게에 잠깐 들러도 구할 수 있겠지 생각했던 게 미안해질 만큼 그는 영문도 모르고 음반 한 장 구하느라 고생깨나 한 모양이었다. 그러고 보니 음악 파일을 내려받든, 음반을 구매하든 요즘엔 다 인터넷을 통해서들 한다. 그런데 세상 물정 모르고 아직도 '소유즈' 같은 레코드 가게에서 몇 시간씩 서서 고르고 고른 물건들로 영화를 보고 음악을 듣던 방식을 고수하고 있으니 이런 민폐를 끼치게 된 것이다.

앨범은 1991년 올림피아사에서 발매한 것으로 소나타 4, 5, 6번과 열 개의 바가텔이 수록되어 있고 작곡가 본인이 연주한 것이다. 1937년 우크라이나 태생인 니콜라이 카푸스틴은 어린 시절 모스크바로 이주, 차이콥스키 음악원에서 수학하며 알렉산드르 골덴베이제르의 가르침을 받았다. 재학 중 이미 재즈적 요소를 가미한 자신의 곡을 쓰기 시작했던 그는, 1961년 졸업 후에는 빅밴드와 재즈오케스트라로 소련 전역을 돌며 11년간 연주 활동을 벌였다.

그의 음악 안에서는 각각 상반된 것이라고 여겨지던 많은 것들이 화해한다. 블루스와 비밥, 스윙이 엄격한 클래식의 형식 안에 녹아든다. 그는 오스카 피터슨의 영향을 결정적이라 밝힌 바 있다. 작품은 6개의 피아노 협주곡과 20개의 피아노를 위한 소나타를 비롯해 프렐류드, 베리에이션, 에튜드, 즉흥곡, 바가텔, 인벤션 등과 현악 4중주와 같은 실내악, 종종 오케스트라와 빅밴드를 위한 곡도 선보인다. 2020년 타계한 그는 불과 몇 해 전까지도 작곡 활동을 활발히 했는데 러시아 밖으로는 좀처럼 나가려 하지 않은 채 날로 높아지는 자신의 명성에 비해 겸손하고 소박한 삶을 이어갔다고 한다. 부득이한 경우 여행해야 한다면 꼭 기차를 탔다고도 하고.

문학 작품이 당대나 후대에 누가 읽고 그에 대한 감상을 남기고 의미 세계를 풍성히 하느냐에 따라 작가의 명성이 오르고 내리는 것처럼, 악곡 또한 청중의 열광에 따라 작곡가의 역량이 평가된다. 활자의 경우 출판이 활발하게 되려면 평론가들의 손길을 거치게 되겠지만, 소리의 경우 평론가의 개입과 더불어 해당 연주자의 관심과 안목에 크게 기대는 수가 많다. 마르크 앙드레 아믈렝이나 스티븐 오스본, 마사히로 카와카미 같은 연주자들이 이 러시아 작곡가의 작품들을 음반으로 발매한 경력이 있다. 라흐마니노프에 비해 활발히 연주되지 못하던

스크랴빈의 곡들이 호로비츠의 선택으로 빛을 본 것처럼. 우리 나라의 경우에는 피아니스트 손열음의 선택으로 카푸스틴이 널리 알려지게 되었다. 2011년 차이콥스키 콩쿠르에서의 연주 목록에 카푸스틴이 포함되었던 것.

카푸스틴은 자신이 즉흥 연주에 관심이 없으며 진정한 재즈 아티스트가 되고자 노력한 적은 전혀 없다고 밝힌 바 있다. 자신의 즉흥곡들은 전부 '미리' 쓰인 것이라면서. 곡을 위해 재즈적 요소를 빌려서 사용했을 뿐 자신은 그저 작곡가일 뿐이라고. "쓰인 즉흥곡은 즉흥적 즉흥곡보다 훨씬 낫다"는 것이 그의 지론이었다. 가만히 듣고 있으면 바흐의 바로크 스위트들이 불쑥 올라오고 아예 대놓고 푸가라고 제목 지어 놓은 것들도 보인다. 재즈가 언뜻 보이다 사라져버린 것 같은 라벨 풍의 음악보다 재즈를 관통해 들어간 탓에 이것은 재즈적이고 이것은 클래식적이라고 구분할 수 없을 정도다. 이 둘은 완전히 한 몸을 이루었다.

차이콥스키 콩쿠르, 예술의 전당 독주회, 그리고 곧이어 발매된 앨범에서의 손열음식 카푸스틴 연주는 물론 훌륭했다. 젊은이다운 강렬한 욕망이 가득한, 듣는 이를 좌석에서 들썩이게 하는 선명한 대비로 가득한 연주다. 그러나 작곡가 본인의 연주를 들었을 때 나는 훨씬 편안함을 느꼈다. 연주자가 짜 놓은 프레임 안에 완벽하게 가두어지는 복잡한 화성들은 때로 무미건조하기까지 했는데, 젓가락으로 국수 가락 끊듯 툭툭 단절되다가 어느덧 다시 살아나 움직이는 멜로디는 그토록 복잡한 화성을 압도할 만큼 리듬감이 강조된 탓에 미리 계산된 것이지만 즉흥 연주의 요소를 최대한 살리겠다는 작곡가의 의지를 극명하게 보여준다. 즉 카푸스틴 본인의 연주에 비해 손열음의 연주는 온갖 제스처가 지나치게 가득 차 있다. 물론 이는 손열음이라는 걸출한 피아니스트의 흠은 절대 아니다. 작곡가들도 자신의 곡을 연주할 때마다 다른 방식을 취하게 된다는데 하물며 연주하는 사람, 혹은 듣는 사람이 자신의 처지와 세월이 준 경험치에 따라 달라지지 않는다면 음악이 인간에게 무슨 소용이랴.

러시아 국민음악파의 한 사람인 발라키레프의 '이슬라메이' 같은 경우라면 그런 극적인 해설이 무엇보다 잘 어울렸을 것이다. 그러나 카푸스틴의 경우엔 '시간을 가두어' 연주하는 편이 더 나으리란 판단이다. 마치 몰입이 몸에 밴 배우가 어쨌든 스타니슬랍스키식 연출법에 지배받는 연극 무대처럼, 카푸스틴은 즉흥성이 최대한 살아나는 통제된 세계를 형성해 간다. 이 묘한 착각이, 가만히 앉아 있지만 빨간 구두를 신고 허공을 날며 밟히지 않는 땅을 상대로 탭댄스를 추는 것 같은 상상을 불러일으킨다.

그라나트

이리나 니콜라예브나는 안드류샤가 그간 배운 기본 리듬 여섯 가지를 성의껏 연주했을 경우, 그리고 계이름을 제대로 기억해냈을 때, 수업 후 칸페티_{안에 잼이나 크림 등이 채워진 초콜릿 과자}와 봉봉을 주신다. 몇 번을 그랬는데 아무래도 아이의 치아가 걱정되는 이 나이 지긋하고 풍만한 몸채의 여교사는 선물 아이템을 작정하고 바꿔버렸다. 알맹이가 작은 노랗고 빨간 사과 한 알과 길쭉한 서양배로. 그러더니 얼마 전부터는 모과와 석류가 등장했다.

우리 마당에서 자란 것들이라우. 웬만한 과일은 내가 키우거나 이웃이 키워서 건네주는 것만 나는 먹어요. 며칠 전에 현관 입구에 걸어두었던 가을용 외투를 손질해서 집어넣으려고 뒤적거리는데 사과 한 알이 굴러나와요. 이제 웬 거지 하고 기억을 더듬어보니 아, 글쎄 벌써 몇 주 전에 큰 가게에서 사과를 한 봉지 샀는데 그중에 주머니에 넣어두었던 것이더라구. 세상에, 썩지도 않고 그대로 있었다우.

그라나트. 석류를 뜻하는 남성명사. 붉은 알알이 들어찬 단면이 징그럽기도 한, 면역력 향상에 도움이 되고 또 여성들에게 특히 좋다고 하는 그 열매. 과육을 뭉텅이로 씹을 수 있는 것도 아니고, 새콤한 맛이 강하기도 할 것이라 아이가 어떻게 받아들일지 알 수 없었는데 칼집을 조금 넣어 양손으로 쪼개자 나타나는 붉은 보석에 와아. 옆 사람 입에도 침이 돌만큼 추욱추욱 잘도 빨아먹는다. 그런데 그 남성명사에 여성형 어미 a 하나만 더 붙이면 그라나타가 되고 이내 유탄이라는 단어가 된다. 내 경험에 대해서 말한다면 어릴 때 석류를 먹어 본 적도, 수류탄을 실물로 구경해 본 적도 없는 듯하다. 그러니 두 사물의 연관성에 대해 외관상 특징으로 연결하려는 노력은 할 수 없었고 그럴 필요도 없었다. 그런데 한자를 가만히 들여다보면 유탄에서 쓰인 '유'자는 석류 '류'자다. 그라나트와 그라나타가 그러한 것처럼. 그러니까 유탄이라는 단어는 석류의 생김을 빗대어 그에서 생겨난 말이었던 것.

그런가 하면 석류가 유혹적인 무기가 되는 예는 그리스신화에서 보란 듯이 묘사되고 있다. 페르세포네가 하데스의 지하세계에 묶여있게 된 것은 석류 몇 알 때문이었던 것. 안드류샤 또한 다를 바가 없다. 그 붉은 알알을 손에 쥐려 보쥐야 까로브까무당벌레, 안드레이-바라베이참새 안드레이 같은 곡들을 울며 겨자 먹기로 깽깽대며 연주해 내야 하니 말이다. 내게는 또 하나의 숙제가 생겼다. 활을 들어 바이올린 몸체 위에서 줄타기하는 대신 그것을 칼처럼 휘두르며 지휘자 역할을 하겠다고 우기는 안드류샤를 꼬시고 달래서 어렵사리 손에 얻게 되는 붉은 덩어리 하나, 그라나트, 제 뱃구레에 넘치는 양이라 늘 속살을 드러낸 채로 남겨지곤 하는 씨 보석들을 처리하느라 우리 집은 때아닌 이색 샐러드 풍년이다.

숙제라고 썼지만 실로 오싹한 공포에 가깝다고 해도 좋을 거리낌의 역사는 꽤 오래된 것이었다. 살을 파고 들어가 볼록하게 자리 잡은 듯한 표면을 가진 물건을 보면 어릴 때부터 정말 진저리를 쳤다. 엄마가 꽃꽂이 재료라며 신문에 돌돌 만 연밥을 가지고 오셨을 때의 충격이란. 그래도 석류알은 투명하고 작고 게다가 어쨌든 맛이 좋으니까. 한참을 두더지처럼 파내고 또 파내면 손가락마저 석류의 속살처럼 붉게 물들고 만다. 그러나 석류즙에 취해 끝내 쓰러지게 되는 그런 싸움이라면 볼록이 가져오는 잠깐의 공포는 기꺼이 잊으리라. 그라나트 붉어 가는 밤.

42

칠월 삼일의 기록, 쥐로비치

시간이 얼마 남지 않았다. 지금 시각 8시. 9시경에는 집을 나서야 한다. 9시 45분부터 도로를 봉쇄하겠다는 발표가 있은 터였다. 밖을 내다보니 벌써 군인들이 인도는 물론 차도까지 부분 점령하고 행진을 계속하고 있고 지나다니는 차량은 뜸한 상황. 밤마다 탱크 소리가 난 지도 며칠째였다. 장갑차며 유조차에 군인들을 잔뜩 실은 트럭들까지, 주민들을 겁주기 좋은 것들은 죄다 동원한 듯. 차근차근 먹을거리를 준비할 상황도 못 되었다. 주먹밥을 대충 뭉치고 물 두어 병, 찬장에 굴러다니던 자질구레한 씹을 거리 몇 가지를 가방에 쑤셔 넣고 헐떡거리며 주차장으로 내려가 차에 시동을 걸었다. 아뿔싸, 벌써 큰길로 나가는 길목을 대대 규모의 군인들이 막고 섰다. 최대한 눈치채지 못하게 서행하며 인도로 올라서서 멀찌감치 돌아 대로로 나갔다. 안도의 순간. 오늘 같은 날, 하필이면 현금도 떨어지고 기름도 얼마 남지 않았다. 하긴 이 난리 통에 돈이 있다 한들 제때 기름을 넣을 수 있을지도 미지수지만 환전소 한 곳엔 들러 보아야 한다. 계속해서 시간이 지체된다. 9시 25분.

이제 정말 얼마 남지 않았다. 가까스로 외곽도로에 올라탔지만 사방이 공사 중이라 돌고 돌아가야 한다. 다급한 마음에 공사 안전막과 우회를 권고하는 펜스에 쑤셔 박히기도 여러 번. 10시. 드디어 민스크를 벗어났다.

그로드노주 슬로님구 쥐로비치 마을. 러시아의 전승기념일을 방불케 하는 벨라루스의 독립기념일 행사를 피해 민스크에서 200km가량을 달려 도착한 곳이다. 농과대학이 있고 몇 안 되는 주민들의 생계를 책임지는 일 또한 농사일일 것이 분명해 보이는 마을. 그러나 이곳을 특별하게 만드는 이름이 있으니 성우스펜스키사원과 그 뒤로 조용히 숨겨져 있는 수도원. 수사들만을 위한 남자 수도원이다. 15세기 야생 배나무 아래서 발견되었다는 성모상 이콘과 기적의 샘물. 그 자리에 사람들은 교회를 세웠다. 처음엔 나무로, 화재 이후엔 돌로. 예배당 정면 제단 아래엔 실제 우물 하나가 자리 잡고 있다. 쥐로비치에 다녀왔다고 하니 지인들이 하나같이 그 우물을 보았느냐고 물었는데 실은 밀려든 인파 때문에 제단 가까이 접근하지도 못했다. 때마침 막 미사가 시작되었던 듯하고 출입구 가까이까지 신자들로 가득 찬 상태여서 그 끄트머리에 서서 그저 기도 소리 같은 노래, 노랫소리 같은 기도문 낭독을 들었던 것이다.

예배당 바깥으로 어딘가 '세례요한의 우물'이라 이름 붙은 샘이 하나 더 있다고 하고, 카잔의 성모, 블라디미르의 성모 등 기적을 일으키는 성스러운 이콘 앞에 간절한 마음으로 나아가는 사람들이 줄을 잇는 모양이었다. 정교회 신자들에게는 다양한 버전의 성모 마리아 이콘이 존재한다. 성모와 성자가 무표정하게 정면을 응시하고 있는 카잔의 버전, 좀 더 부드럽고 자애로운 표정의 성모와 그런 성모를 끌어안으며 의지하는 성자를 그린 블라디미르의 버전 이외에도 야로슬라블의 성모, 돈돈강의 성모 등 시대의 흐름에 따라 신학적 해석도 조금씩 변화해왔고 각이콘을 설치한 주교좌 교회마다 권위를 자랑해 왔다. 정교 신앙의 번성이 비잔틴제국에 기인하는 만큼 블라디미르의 성모 이콘의 경우 예루살렘 – 콘스탄티노플 – 키예프 – 블라디미르 순으로 옮겨오게 되었다고들 한다. 러시아에 외침이 있을 때마다 모스크바의 주요 전장에 등장해 기적적으로 승리를 가져다주었다는 일화도 빼놓을 수 없다. 그 때문에 일 년에 두세 번씩 있는 각이콘의 축일에는 그 자비를 덧입으려 전날 밤부터 교회 문 앞에서 줄을 서는 순박한 신심을 목격할 수 있다.

어둑하고 붐비는 예배당을 빠져나와 오른편으로 조그맣게 난 푸른 출입구로 몸을 밀어 넣었다. 밝고 고요한 세계. 머릿수건을 정갈하게 가려 쓴 여인들이 수도원 곳곳에 매달린 성화 앞을 지날 때마다 성호를 그었다. 모스크바의 다닐로프스키수도원이 떠올랐다. 하얗고 넓은 벽 가운데 둥실 떠 있는 것 같았던 구원자 예수의 형상. 대통령 집무실을 방불케 하는 웅장한 주교관이 있는 그 모습에 마음 편할 리 없었지만, 때때로 그곳을 찾고 싶은 마음이 들었던 것은 아무래도 정갈한 경내에서 처절하리만치 제 몸을 낮추는 수많은 아낙의 머릿수건에 대한 기억 때문이었던 듯하다. 성수로 이름난 곳인 만큼 샘물 한 병씩을 가방에 담느라 분주한 사람들의 모습도 눈에 띄었다.

독립기념일을 일주일가량 앞둔 시점부터 대여섯 시쯤 되면 군인들이 차량을 통제할 채비를 하며 일정한 간격으로 줄지어 섰다. 열 시쯤 되면 그들은 독립대로와 마셰로바거리 주요 구간에 차가 내려서지 못하게 막았고 그러고 나면 자정에 한차례, 두세 시경에 또 한차례 탱크와 장갑차, 각종 군수용품을 실은 트럭들이 한밤의 퍼레이드를 벌이곤 했다. 7월 3일 당일, 집에서 도보로 5분 정도 거리에 있는 교차로에서는 거대한 연단을 만들어 놓고 대통령이 사열을 받을 뿐 아니라 정부 주요 인사들, 군관계자들이 행사를 지켜볼 예정이어서 이를 위해 날마다 카드섹션 연습 등으로 분주했다. 한번은 총을 가슴 앞으로 쳐들고 전투적으로 행진하는 군인들을 베란다에서 지켜보던 아들 녀석이 장난감 방에서 스펀지 총알을 장전한 플라스틱 총을 가지고 나와 흉내 내는 것을 보고는 아찔했다. 아이는 이웃 누군가 장난감 총을 가지고 있는 것에 호기심이 발동해 장난감 가게에 가서 그걸 사달라고 한 후로 금세 흥미가 없어져서 자기 방구석에 처박아둔 지 오래였다. 당일 탈출을 감행하게 된 건 그런 이유에서였다.

지난겨울부터 한번 와본다고 하고는 시간이 한참 흐르기도 했다. 친구가 지난해 얼마간 머문 좋은 기억들로 추천해준 터였다. 언젠가 그가 소식을 궁금해하는 수사의 이름을 들은 것도 같은데 도통 생각이 나질 않았다. 오기 전날이라도 살짝

물어볼 걸 그랬다는 아쉬움이 밀려왔지만 사실 그냥 나선 데는, 오가는 사람이 많지 않아 동양인인 우리들의 움직임이 더 눈에 띌 것이라고, 그러면 문득 기억 저편에서 누군가를 떠올린 수사 한 분쯤 내게 말을 걸고 그에 응답한 내가 기막힌 대화의 접점을 찾을 수 있게 되지 않겠느냐는 순진한 꿈을 꾸고 있었기 때문인지도 몰랐다. 그러나 그날은 모처럼 국경일이었고 기다렸다는 듯이 각지에서 몰려든 사람들로 경내는 분주했다.

그렇긴 해도 예배당 뒤편 자그마한 꽃밭, 좀 더 자세히 말하자면 예배당과 수도사들의 공간 사이에 자잘한 잎사귀를 달고서 그물망 같은 그늘을 만들어주는 나무들이 둥글게 심겨있는, 그리고 그 밑으로 다시 원을 그리며 간소하게 땅에 박혀있는 간이 의자들과 형형색색 이루 말할 수 없이 다양하게 얼굴을 내미는 식물들이 있는 그 공간으로 나아갔을 때는 수고하고 무거운 짐 진 자들을 위로하는 부드러운 음성이 탱크 소리도 행진곡도 모두 덮어버리는 것만 같았다. 피할 곳이 간절한 자들에게 이 침묵의 세계는 얼마나 귀한가. 수도원이란 공간만큼 혼자여도 좋은, 혼자인 것이 썩 어울리고 오히려 다행인 곳이 있을까. 깊은 생각 속에 잠긴 어느 여인에게 말을 걸어보려던 생각을 급히 접었다.

비슷한 패턴으로 반복해서 꾸는 꿈들이 있다. 알고 보니 일이 학점이 부족해서 제때 졸업을 못 하게 되었다거나 폐허가 된 도시 한가운데 쓸쓸히 걷고 있다가는 난데없이 정육점 불빛이 번쩍하고 등장한다거나 들판에 뛰노는 말을 따라가 보

니 작은 문이 하나 있는데 거길 들어가 볼까 말까 하고 망설이는 그런 꿈들. 불안 가운데 할 수 있는 일이란 그저 기도하는 일이다. '그저'라고 말하지만 의지를 바닥에 내려놓는 일은 생각보다 쉽지 않다. '부펫'이라고 쓰인 간이식당 안에서 '옷체 나쉬(우리 아버지)'로 시작하는 식전 기도문을 읽다가는 감자전 올라다나 잼을 넣은 밀가루 부침 블린 등을 사려고 줄을 선 또 다른 머릿수건들을 바라보았다. 적적함이 사라지고 온기가 다가왔다.

갑상선암으로 두 돌도 채 못 되었을 때 세상을 떠났다는 타티야나의 어린 딸이 떠올랐다. 아니, 그 아이를 본 적은 없으니 아이를 잃고 못 견디게 괴로웠을 타티아나를 생각했다는 것이 옳을 것이다. 그녀 자신도 갑상선과 관련된 여러 병적인 증상으로 하루가 멀다고 앓아눕곤 했다. 체르노빌의 악몽과 더럽혀진 땅과 그래도 살아야 하는 우리에 대해 얘기하던 민스크의 겨울이 떠오르고 몇 해 전 골수암으로 소천하신 시아버님 얼굴도 연이어 따라왔다. 햇빛이 명랑하게 비칠 때, 그렇지만 집에 혼자 꽤 오랜 시간 일정에 대한 강박 없이 머물게 될 때 가끔 아버님의 비망록을 들춘다. 나중에 누군가에게 읽히게 될 것을 염두에 두고 쓰신 흔적이 역력하고 시간과 날수에 따라 한 일과 단상들이 건조하게 박혀있지만 다른 방법으로는 그 고독을 짐작할 방법이 없으니 내겐 귀한 책이다.

열심히 사진찍기를 멈췄다. 간혹 정성을 다해 들여다보고 빛 그림을 남기는 일 자체가 도 닦는 일 같이 느껴지는 때도 있기는 했지만 쥐로비치에서는 그렇지 않았다. 은밀한 마음의 소리는 좀 더 묵혀두었다가 꺼내 볼 일이었다. 그리스를 찾은 이에게 아크로폴리스나 에게해의 섬에 한번 가보라는 말은 쉽게 할 수 있지만 케라미코스, 마니반도로 떠나라는 말은 상대를 가려 하게 된다. 정교 신앙의 전통적 뿌리에 기대고 있는 벨라루스 사람들에게 쥐로비치는 마음의 고향과도 같다. 그곳에 갈 거라며 수도원 이름을 말하면 얘기를 듣던 상대방의 표정이 금방 환해지는 걸 볼 수 있었다. 나는 앞서 이곳을 방문하고 이야기해준 친구가 고마웠고 여름이 지나면 다시 한번 방문하게 될 것을 알았다.

피곤치 않게 운전을 하고 집에 돌아와 늦은 저녁을 지어 먹고 읽다 만 책을 펼쳐 들었는데 전화벨이 울렸다. 안나, 오늘 같은 날 집안에 처박혀서 뭐 하고 있어. 발코니로 밖을 좀 내다 봐. 사람들이 얼마나 많은지. 열 시 반 즈음 되었을 때였고, 타티야나의 목소리에는 취기가 배어있었다. 나 낮에 나갔다 왔는데. 그리고…… 늦은 시각에 받은 전화 속에서 주고받는 횡설수설에 약간의 침묵이 흐르고 통화는 마감되었다. 밖을 내다보니 대로변에 빈틈 하나 없이 차들이 주차되어 있고 승리공원 쪽으로 걸어가는 가족 단위의 사람들이 줄을 이었다.

푸슈카. 대포소리와 불꽃놀이. 아직 완전히 어두워지지는 않은 어수룩한 하늘 위로 번쩍하고 형광의 점들이 다가왔다 멀어져 갔다. 없어졌지만 아직 있는 듯도 한 빛 사이로 아이의 울음소리가 들렸다. 술 취한 타티야나도 수도원으로 도망 다녀온 나도 그 속에서 번쩍거렸다. 독립기념일의 탱크 퍼레이드도 요란한 불꽃놀이도 더 이상 미워할 수 없었다. 괴로운 이에게 독주를 허락하라는 가르침 때문만은 아니었다.

카타리나와 함께

카타리나는 발도르프식으로 자유롭게 아이들을 키우고 싶어 했다. 생후 몇 개월이 지나지 않아 세르비아^{당시 유고슬라비아 연방 공화국}를 떠나 독일로 이민한 부모를 따라 독일 시민이 된 카타리나는 철학과 문화비평을 공부하고 보스니아–헤르체고비나, 몬테네그로 등지에서 독일문화원 관련 업무를 담당하다 지금의 남편을 만났다. 그도 독문학을 전공해 구 유고연방과 구소연방 국가에 문을 연 괴테 인스티튜트에서 책임자로 일하고 있었으니 그럴 만한 인연이었다. 그녀가 성인이 되고 나서 그녀의 부모는 붕괴된 유고연방에서 독립국으로 재탄생한 세르비아의 베오그라드로 되돌아갔다. 카타리나에겐 자신이 자란 함부르크와 부모가 마음에 품은 베오그라드 모두 고향이 되었다. 함부르크가 익숙한 고향이라면 베오그라드는 아득한 고향이었다.

책이 가득하고 커다란 창이 달린, 마음에 쏙 드는 거실 겸 식당을 가진 유쾌한 카타리나의 집에서의 일이다. 독일어를 배우고 싶은 마음이 뭉게뭉게 피어오르는 아름다운 서가가 있는 그 아파트는 10층 건물의 1층에 있다. 그녀에게는 집이 저층에 있어야만 하는 이유가 있었다.

글쎄. 어릴 때 재해를 겪었다든가 특별히 두려움이 생길 만한 경험이 있는 것도 아닌데 사람들이 소위 말하는 폐소공포증이 있는 것도 같아. 엘리베이터를 전혀 탈 수가 없어서. 사실 나 비행기도 무척 힘들게 타.

그랬다. 카타리나는 4층인 우리 집에 올 때도, 9층인 다른 친구네 집에 올 때도 무거운 짐을 잔뜩 들고서 굳이 비상계단으로 올라왔었다. 본가가 있는 독일이나 부모님이 계시는 세르비아에 갈 때도 이틀 내내 운전만 한다고 해도 오로지 자동차 여행만을 고집했다. 몇 년 전 모스크바에 근무할 때도 차로 베오그라드까지 운전하고 갔다고 하니 그보다 가까운 민스크야 나은 경우겠다.

카타리나의 러시아어는 세르비아식으로 변형된 것이 많았다. 어릴 때부터 줄곧 독일어로만 교육을 받아온 그녀가 자녀인 클라라와 코스차에게는 늘 세르비아어로만 이야기하는 것도 내게는 신기하게 보였다.

부모님은 늘 세르비아어로만 이야기하셨는걸. 직장에서는 어쩔 수 없이 서툰 독일어를 사용하셨지만 집에서만은 순전히 베오그라드에 사는 듯 분위기를 만드셨지. 나도 싫지는 않았어. 내 안의 슬라브적 기질이 발현되었달까. 외국어라도 영어는 영 재미도 없었고 잘하지도 못했지만 러시아어는 달랐어. 중고등학교시절 어느 나라 어느 도시에 가서 살아보고 싶냐고 학교에서 설문조사 같은 걸 하면 나는 늘 모스크바를 지목하곤 했거든. 물론 그런 경우는 우리 반에서 나 하나뿐이라 선생님도 무척 신기해하셨지. 그래도 독일은 복잡한 과거사 때문이겠지만 스스로와 다른 경우 — 민족이나 종교 같은 문제로부터 개별 사건에 대한 의견에 이르기까지 — 타인에 대한 비판에 매우 조심스러워들 하거든. 세르비아 사람들에 대해서 말하자면 대략 이런 식이야. 베오그라드의 부모님 댁은 방 두 개짜리 손바닥만 한 아파트인데 우리 네 식구 — 이후 에바가 태어나 이제는 다섯 식구가 되었지만 — 는 물론 여동생네 식구들까지 한꺼번에 몰려가도 호텔에서 자거나 따로 아파트를 빌려 지내거나 해서는 안 돼. 물론 남편은 너무 불편하게 여기지만 부모님은 가족을 집 밖으로 내보내는 것에 커다란 모욕감을 느끼시거든. 한번은 함부르크에서 시부모님이 베오그라드를 방문하셨다가 그만 예약해 놓은 호텔을 취소하실 수밖에 없었다니까.

민스크는 반듯하고 넓은 도로를 지닌 한가로운 도시다. 도시의 역사는 11세기까지 거슬러 올라가고 민스크 공국으로 시작해 폴란드-리투아니아공국, 스웨덴과 러시아 제국의 지배로 복잡다단하게 얽혀 그간 일군 문화유산도 제법 되었지만, 제2차 세계대전 당시 러시아군의 서방 전진기지이자 독일군의 동방 출구가 되면서 도시 대부분이 파괴되고 말았다. 지금의 민스크 시가지 모습은 전후 스탈린 양식으로 새롭게 재건된 것이고 그 중심은 프로스펙트 니자비시모스치, 즉 독립대로다. 이 길은 벨라루스 정부청사로부터 민스크 공항까지 쭉 뻗어있으며 이 길을 따르다 보면 베게우라 불리는 벨라루스 국립대학과 빨간 교회라 불리는 가톨릭 성당인 시몬헬레나교회, 국립백화점인 굼, 문화행사 공간인 공화국궁전, 서커스극장과 필하모니 콘서트홀, 학술원인 아카데미 나우크, 국립식물원, 다이아몬드형의 국립도서관 등 대부분의 민스크 명소를 만나게 된다.

카타리나네 집은 학술원 뒤편, 인근 식물원의 푸른 기운이 계속되는 듯한 일방통행의 좁은 골목 안에 자리 잡고 있었다. 말 그대로 갓난아기인 에바를 커다란 유모차에 태운 이 세르비아 여인은 독일 병정 같은 엄격한 얼굴로 독립대로를 질주하곤 한다. '미래의 아이들' 유치원까지 한 시간 가까이 걸어야 할 텐데도 걷다가 들르는 재래시장에서 과일도 사고 신기한 가게들 구경도 하면 그만이라며 날씨에 아랑곳없이 걷고 또 걷는다. 그러고 보니 카타리나는 엘리베이터뿐 아니라 자동차 자체를 무서워했다. 남편이 아이들을 돌봐주는 주말에도 굳이 자전거를 타고 카마로프스키 시장으로 가서 안장 옆으로 주머니를 잔뜩 내려뜨리고는 물건을 담아 의기양양하게 집으로 돌아오곤 했으니까. 민스크에서는 찾아보기 힘든 유기농 채소나 세제에 관한 정보라든가 자유롭게 아이들을 뛰어놀게 하는 체육클럽을 물색하는 일은 늘 카타리나의 몫이었다. 아이들을 자기 자리에 묶어두고 선생님의 지시에 따라 꼼짝 못 하게 하는 소련식 교육 방식도, 자유분방의 정도가 지나친 데다 자연주의적 접근 방식은 찾아볼 수 없는 미국식 교육 방식도 신뢰하지 않는 그녀는 그래서 어딜 가나 자신이 미처 발견하지 못한 벨라루스적 전통 속에 보석이 숨겨져 있지는 않나 하는 기대를 품고 있었다.

인간에 대한 예의

"다닐, 폴리티카정치와 에티카윤리, 에스테티카미학라는 게 있다. 이게 무슨 말인지 알겠니?"

또래치고는 의젓한 편인 다닐은 제법 진지한 표정이 되어 알고 있는 폴리티카에 대해서는 말이 되는 정의를 내려보려고 애쓴다. 그래도 뭐라고 한마디로 요약하기가 힘들다.

"정치라는 건 말이야, 사람들이 생활을 이어 나가려면 질서가 필요해서 권력을 쥔 사람이 권력을 맡긴 사람을 다스리는 것이거든. 다툼이 생기면 해결해주어야 하는데, 법대로 되는 것도 있고 그렇지 않은 것도 있어서 실제로는 매우 더러운 것이 되고 말지."

"맞아요. 아빠도 텔레비전 뉴스를 보면서 맨날 인상을 잔뜩 쓰고 있거든요."

"그다음 윤리라는 건 말이다. (소련식 교육은 개념에 대해 정의 내리는 것을 매우 중요하게 생각한다) 사람들 사이의 관계에 대해서 말하는 규칙이라고 할 수 있지. 할아버지가 '식탁 위에서는 턱을 괴고 앉지 말아라'라고 말하면 그게 어디에 해당하는지 잘 생각해봐. 그럼 미학이라는 건 말이야."

이쯤 되면 다닐은 발음도 어려운 에스테티카를 가지고 입술을 모았다 벌렸다 하면서 단어를 잊지 않으려고 애를 쓴다.

"인류의 문화적 유산이다. 음악, 미술 등 우리가 보통 예술이라고 부르는 모든 것들에 대해 미학의 범위 안에 그것들이 있나고 밀할 수 있지. 그렇지만 가장 중요한 건 '아름다움이라는 것이 무엇인가' 하는 거야. 법에서 하지 말란 것은 안 하고, 다른 사람들에게 크게 피해를 주지 않고 '저놈은 나쁜 놈이다'라는 소리를 듣지 않는다 해도 스스로가 아름답게 산다는 게 무엇일까를 고민하지 않으면 인간이 가진 최고의 가치를 누리지 못하는 거지."

내년이면 여든이 되는 고려인 노인이 식탁 머리에서 손자와 나누는 대화에 나는 언젠가 이탈리아 밀라노에서 겪었던 불쾌한 기억을 되새겼다. 환승 장소로 하룻밤 머문 곳. 늦은 저녁 식사를 위해 숙소 뒤편 골목을 지날 때였다. 여섯 살 아들 녀석이 갑자기 울음을 터뜨렸다.

"엄마, 따가워. 아저씨가 담배로 이렇게 여기다 아프게 했어."

식당에서 식사 도중 흡연을 위해 다른 한 사람과 인도 끝에 서 있던 그는 우리에게 등을 진 채로 담뱃재를 털기 위해 인도 안쪽 깊숙이 팔을 뻗었고 때마침 그곳을 통과하던 우리 가족 중 그와 가장 가까이 서 있던 아들 녀석의 왼팔에 구멍을 내고 만 것이다. 처음엔 영문을 몰라 아이 얼굴 한번, 주변 사람들 얼굴을 한번 둘러보다가 사태를 파악하고 나서는 어이가 없었다. 바로 옆에서 아이가 울며 팔을 감싸 안았는데 30대 초반으로 말쑥하게 차려입은 그 남자는 눈길 한번 주질 않는다.

"여보세요, 당신이 담뱃재를 털려다 아이 팔에 불을 갖다 댔어요."

별로 놀라지도 않으면서 어깨를 으쓱해 보이고는 말한다.

"아, 그랬군요. 몰랐어요. 미안해요."

그러고는 일행을 향해 뭐라고 말을 잇는다. 나는 치료비를 요구할 만큼 이성적인 판단을 내릴 수 있는 형편이 아니었기 때문에 머릿속에는 오로지 한 가지 생각만이 맴돌았다. 진정성 없는 사과만큼 사람을 분노하게 만드는 건 없구나 하고. 우리는 기분 나쁜 그 일을 빨리 피하고 싶어서 한 번 더 화를 내고는 재빨리 지난번 갔던 식당으로 들어가 자리에 앉았다. 아이는 많이 놀란 것 같았고 팔을 들여다보니 지름 3cm 정도의 상처가 생겨 곧 피부가 벗겨질 것 같은 모양이었다. 주문을 하고 물을 들이켜봐도 점점 더 화를 참을 수 없는 지경이 되어 그가 서 있던 길에 접해있는 그 식당으로 달려갔다. 남편과 아이들에겐 한마디도 하지 않고서 갑자기 일어나서. 과연 그 남자는 열 명가량으로 파악된 일행들과 즐겁게 웃으며 식사 중이었다. 연령대는 다양해 보였지만 가족은 아니었고 분위기는 자유분방해 보였다. 식당엔 사람들로 가득했지만 나는 아무 망설임 없이 그들 가운데로 나아갔다. 그리고 큰 소리로 말했다. 물론 많이 떨리는 목소리로.

"당신이 뻗은 손에 들려있던 담배 때문에 우리 아이는 아직도 놀란 마음을 다스리지 못하고 있어요. 상처도 생각보다 단순치가 않아요. 당신 아까 내게 미안하다고 한마디 하기는 했죠. 정말 미안하기는 한가요? 그러면서도 아이의 팔을 한번 들여다보지도 않았죠."

친구들 앞에서 망신당하는 게 싫었는지 여기서 이러면 안 된다며 나를 밖으로 끌고 나온 그는 이렇게 말을 잇는다.

"미안하다고 했잖아요. 그럼 더 이상 어떻게 해야 하죠? 당신네 나라와 문화가 달라서 내가 이러는 게 성에 안 찰지 모르겠지만요. 그리고 말이야 바른말이지 뒤돌아 있는데 아이가 지나가고 있는지 내가 어떻게 알았겠어요? 뒤에 눈이라도 달고 있지 않은 이상에야."

그의 뒤를 쫓아 나온, 아까 함께 담배를 피우던 중년의 남자도 그 얘기를 듣다가는 머리 뒤에 볼록한 뭔가를 붙였다 떼었다 하는 시늉을 하며 그를 두둔한다. 나는 아까보다 더 화가 치밀었지만 더 이상 대화 상대가 안 된다는 사실도 아울러 깨달았다. 화장실 간 줄로만 알았던 내가 돌아오지 않자 혹시나 하고 달려와 본 남편이 숨을 헐떡대는 나를 돌려세워 아이들끼리 불안하게 기다리고 있다며 그와 나를 갈라놓았다. 식당으로 돌아오자 아이는 한 손으로 팔의 상처를 감싸고는 빨대로 오렌지주스를 마시고 있다. 갑자기 울음이 쏟아져 나왔다. 놀란 딸아이는 어쩔 줄 몰라 시선이 불안하고 평소에 장난치는 일에만 열중하던 아들 녀석도 함께 눈물이 그렁그렁해서는 울지마, 울지마 반복한다. 엄마가 왜 우느냐고 묻는 딸의 질문에 남편은 억울해서 그렇지 답하지만 나는 내 감정을 억울함이라고 단정하기 어려웠다. 평소의 내 성격 같으면 상상도 못 할 일을 밀라노 한복판에서 영어로 벌이면서 나는 미쳐가는 것 같았다. "정말 미안해요"라는 말, 아무나 할 수 있는 말이 아니라는 것, 제대로 알았다.

2장

노오란
꽃가루가
검은 원피스
위로

미아네 집

"서울엔 어디나 깨끗한 화장실이 있지 않소? 식당이나 학교뿐 아니라 관공서나 지하철역마다 누구나 언제든지 이용할 수 있는." 음악학교에서 마야콥스카야역으로 가다 체홉가에서 올가와 마주쳐 그녀와 애기를 나누고 있을 때였다. 그녀의 남편이 길 건너 가게에서 크바스를 사서 다가오는 것이 보였고 잠시 서로 어색한 인사를 나누고는 하던 대화를 마저 이어갔다. 아이들 진로 문제와 그즈음의 생활 환경에 대한 애기들. 올가와는 교회나 음악학교에서 마주칠 때마다 안부를 묻고 짧은 대화를 나누는 사이, 그녀의 남편 알렉세이와는 초면이었다. 딸 미아는 11학년이 마지막 학년인 영어 특성화 김나지움 9학년생이고, 9년제인 라흐마니노프 음악학교 피아노과를 이번에 졸업했다.

나는 지금 이 가족의 집 부엌에 앉아있다. 그날 길에서 한 시간 반가량 나눈 애기로도 모자라 초대받아 온 것이다. 올가는 강 씨, 알렉세이는 김 씨, 미아의 본래 이름은 아름다울 미에 사랑 애를 쓰는 미애, 그러니까 이들은 고려인 가족이다. 그러나 대화는 러시아어로. 잘게 썬 채소와 허브 모음에 크바스^{발효}_{음료의일종}를 붓고 스메타나^{사워크림}를 올려 차게 먹는 여름 음식 오크로슈카로 식사를 시작한다. 딜과 고수가 들어가 있어 큼큼한 냄새가 나고 크바스 때문에 시큼털털한 맛이 나는, 수프도 샐러드도 아닌 이 음식을 전채요리로 맛본 후엔 된장에 조린 고등어에 보리를 약간 섞은 쌀밥을 곁들인다. 요리는 알렉세이가 혼자 다 했다. 미아 아기 때 기저귀 히나 안 갈았다는 알렉세이가 부엌일만큼은 제법이다.

"푸틴의 사람 몇몇이 있지 않소. 그들 중 한 사람 아들이 몇 해 전 저기 고리콥스카야역 근처에서 노파 하나를 치어 죽였거든. 그런데 누구누구 아들이라 하니 조사조차 없었지. 알 만한 사람들은 다 안단 말이지. 권력에 알아서 기는 정도가 저렇고, 뇌물수수의 수준은 어떤지 아시오? 다리를 놓는다고 할 때 기관에서 뇌물을 받아먹고 업체가 저렴한 자재를 써서 부실 공사를 하는 편이 그래도 나은 수준으로 보일 정도라오. 무슨 소리냐 하면, 서류에는 다리를 놓았다 하고 다리 공사를 시작조차 하지 않는다는 얘기요. 전에 화장실 얘기한 거 말이오. 한국에도 뒷돈 거래와 매수가 왜 없겠소만 여긴 그보다 한 단계 더 나간다오. 화장실 공사한다고 나라에서 관공서에 돈을 지원하면 형편없는 화장실이 생기는 게 아니라 화장실에 애초부터 손도 대지 않는다오."

그는 캐나다로 이주하고 싶다. 사회안전망이 튼튼한 사회를 원한다고. 딸 미아를 위해서. 올가는 진저리를 친다.

"안나, 내 말 잘 들어봐요. 나도 이렇게 뒤돌아볼 것 없이 지저분하고 인간에 대한 최소한의 예의도 보이지 않는 무례한 사회가 지긋지긋한 건 사실이에요. 료샤알렉세이의 애칭는 집 팔고, 차 팔고, 돈 되는 건 다 정리해서 일단 새로운 땅에 발을 들여놓는 게 우선 할 일이라고 자꾸 우겨요. 하지만 나를 봐요. 난 지난 13년간 같은 직장에 다녔어요. 내 동선이란 게 집에서 직장, 직장에서 집이에요. 일주일에 두 번 중간에 플라멩코 강습소가 포함되고 일주일에 한 번 교회가 들어가긴 하겠지만요. 이 세계 안에서 나는 안전해요. 아니, 안전하다고 믿어요. 이걸 다 버리고 완벽한 불확실성 덩어리인 캐나다로 떠나라고요? 그래요. 그 방법밖에 없다면 좋아요, 길거리에서 바나나라도 팔 수는 있어요. 하지만 무엇 때문에요? 그냥 차곡차곡 돈 모아서 자그마한 시골집도 짓고 가족들과 맛있는 것도 나누어 먹으면서 그냥저냥 사는 건 행복이 아니에요?"

나도 남편과 종종 논쟁을 벌이곤 하지만 전망과 계획, 절실함과 결단 사이에서 이 부부는 접점을 찾지 못하고 있다.

"차분한 정착 계획을 들려주기 위해 시간이 제법 흘렀어요. 먼 과거도 아니고 2년 전에 비해 루블 가치가 반토막 났잖아요. 지금 부동산을 처분하면 손에 쥐는 외화가 그때와 비교해 반도 안 된다는 얘깁니다. 하지만 난 지금이라도 늦지 않다고 봐요. 미아는 상식이라는 게 통하는 세상에서 살게 해 줄 겁니다."

"료샤, 하지만 거기라고 뭐 좋기만 하겠어요? 안나, 저 사

람은 말이죠, 내가 러시아에서 살만하다고 여기는 이유는 내가 속고 있기 때문이래요. 내가 그랬죠. 자유민주주의가 잘 발전했다고 하는 미국 같은 나라에서는 연일 총기사고 소식이다, 나는 갑자기 총 맞고 죽을 위험도가 높은 저런 곳보다는 우리 집이 있는 여기가 더 안전하다고 믿는다, 그랬죠. 그러면 또 이래요. 언론상악 같은 얘기요. 여기는 그보다 더한 일이 있어도 보도가 안 되는 것뿐이라면서. 구신스키를 혼내준 이래 언론 상황은 갈수록 나빠진다고요."

나는 두 가지만 묻는다. 학자나 사업가, 정치가들의 말이 아닌 평범한 생활인의 진지한 목소리가 궁금하다. 료샤는 엔지니어다.

"상황이 암울해도 노력해 볼 여지조차 없어요? 백 년 전 세계 어디에도 없었던 혁명의 역사를 가진 사람들이잖아요?"

"적어도 내게 희망은 없어요. 혁명이요? 그게 문제예요. 복수심에 불타 태워 죽이고 찢어 죽이고 나서 그 자리에 다시 누군가를 앉히는 것 말고 문제 의식을 꾸준히 가지고 주장해 결국 나은 무언가를 이룬 적이 어디 있었어야죠."

그는 공산주의라면 이가 갈린다고 했고(료샤는 63년생, 올가는 76년생이다) 살기 좋은 나라로는 캐나다 다음으로 스칸디나비아 나라들을 꼽았다. 사민주의(적 혜택)에 대한 어렴풋한 동경이 있는 듯도 했고, 어쩌면 료샤가 생각하는 것만큼은 상황이 나쁘지 않을지도 모른다. 그보다 더 안 좋을 수도 있고. 분명한 건 자유롭지 않은 사회, 안전하지 않은 사회에 살고 있다는 체감 온도가 점점 높아진다는 것. 료샤는 올가의 일상 동선 위에 드리워진 우산이 언제라도 거둬질 수 있음을 염려하고, 올가는 그 우산이라도 우리 손으로 단단히 붙들어 매보자고 애원한다.

료샤가 직접 구운 달콤한 파이를 디저트로 먹고 나서 석 달 전 레몬트(이 지겨운 말! 수리!)를 마친 아파트를 구석구석 구경한다. 방과 복도에 적지 않은 수의 생존 작가들의 회화, 조소 작품들이 걸려 있다. 신경 써서 꾸미면서 두 사람은 서로 다른 미래를 상상했을 테지. 올가는 노년을 맞고 미아에게 물려줄 수도 있는 추억 있는 집을, 료샤는 최대한 쾌적하게 살다가 좋은 값으로 처분해 현금화 가능한 집을.

미아는 우리가 얘기 나누는 초반에는 같이 밥을 먹다가 중간에 친구 만나러 간다며 검은 가죽점퍼를 챙겨 입고 나갔다. 화학과 수학을 좋아하고 플라멩코를 추는 엄마를 그림으로 그려 선물하고 졸업 연주회에서 라흐마니노프를 연주한, 약간은 보수적이고 합리적인 사고를 지향하는 만 15세의 소녀는 지금 친구와 함께 궁전 광장에 있다. 그 궁전 광장은 지난 세기 초에는 제정 러시아의 붕괴가, 세기말에는 소련의 붕괴가 선포되었던 곳. 지난 세대의 판단과 행위의 결과를 그대로 짊어진 이 세대의 문제에 어떤 해법을 제시하기에 이제는 너무 늦어버렸다는 무력감과 자괴감이 어깨를 누른다. 마야콥스카야역 쪽에서 오른쪽 뺨에 발랄한 페이스페인팅을 하고 폴짝 뛰어오는 미아의 얼굴을 몰래 훔쳐본다. 고민하는 료샤와 올가의 얼굴에서 볼 수 없었던 생생한 표정의 미아를 보고 겨우 숨을 돌린다. 지금 여기 아름다운 미아의 얼굴.

어떤 장례식

레프 콘스탄티노비치 아르항겔스키는 7월 4일 저녁 세상을 떠났다. 향년 84세. 나는 그를 알지 못한다. 그러나 그의 부인과 아들과 손자, 그의 처남과 처남의 부인과 그 자녀들 등 대부분의 그 가족 구성원들을 어느 정도 알고 있다. 그는 레닌그라드상트페테르부르크옛지명 토박이 러시아인이었고 학자였고 대학교수였으며 장로교인이었다. 지난 7년간 알츠하이머와 중풍을 앓으며 자리보전하였고 우리는 기껏해야 1년 전 이 도시로 이사를 와서 그의 가족들을 사귀었기에 그의 존재는 알았지만, 그와의 추억은 전혀 없는 상태였다. 그러나 그 가족들과의 사귐이 특별했고 그들이 많은 다른 사람들을 대하는 태도가 헌신적이었기에 그들을 아는 것이 그를 아는 것과 다르지 않게 여겨지기도 했다.

그의 부인 가족은 사할린 출신의 코리안 디아스포라로 55년 전, 전후 복구 작업이 한창이던 때 레닌그라드로 이주해 왔다. 레프 콘스탄티노비치와 함께 화학자로 고분자 화학 연구소와 대학에서 맹활약했던 그의 부인도 레닌그라드 지식인 사회의 일원으로 안착했을 뿐 아니라 부인의 동생인 알렉산드르 바실리예비치 김 또한 성공한 사업가로 이 도시의 중심부에서 이름을 날렸다.

그가 세상을 떠난 지 닷새만인 7월 9일, 상트페테르부르크 시내 중심부에서 북쪽으로 30km가량 떨어진 페소츠니^{모래를} 뜻하는 '페속'이라는 단어에서 나온 이름 마을의 페소치스코예 클라드비셰에서 장례식이 있었다. 그가 생전에 일구고 섬겼던 교회의 교인들이 미니버스 두 대에 나누어 타고 장지로 향했고 직계와 방계 가족들이 승용차에 몸을 싣고 역시 장지로 향했으며 또 다른 승용차 한 대에는 노구를 이끌고 고인과 미망인의 몇 안 되는 친구들이 올라타 역시 저 모래 마을로 향했다. 모두는 칠팔십여 명 되어 보였고 그들은 고인과 그 가족들을 매우 잘 알고 있는 축에 속했다. 장례 예배 절차는 꽤 간소했으며 예배를 집전하는 목사는 고인의 생전 치적에 대해 미사여구를 동원하는 법이 없었다. 성도에게 약속된 말씀만을 담담하게 선포할 뿐이었다. 묘지를 크게 둘러싸고 있는 자작나무 숲에는 시원한 바람이 이 끝에서 저 끝까지 여유롭게 오가고 있었고 완전히 열린 관 뚜껑을 향해 모두 입으로든 속으로든 마지막 말을 전할 수 있었다. 그때 조용히 눈물 흘리지 않는 사람이 없었고 내려진 관 위로 흙을 덮고 미망인의 손을 잡으면서 얼굴에 미소를 띠지 않는 사람도 없었다. 유가족들은 감정이 격앙될 것 같은 순간에 오히려 침묵하기를 애썼고 그럴수록 모두는 막 관 위로 뿌리고서 손가락 끝에 남은 흙 알갱이의 감촉을 느끼며 각

76

자 생각에 빠지는 것이었다.

　상트페테르부르크 시내로 돌아오는 길. 미니버스에 탄 일행 중 누군가 저 꽃나무가 재스민이라고 알려주었다. 궁금해하던 나를 위해 모두는 차를 세우고 꽃나무 가지 하나를 꺾어 내 품에 안겨주었다. 처음엔 그 쌉싸름한 향기에 쉽게 다가갈 수 없었지만 가끼이 두고 계속 향을 맡자니 이내 은은하게 취해 가는 기분이 나쁘지 않았다. 벚꽃 잎처럼 생긴 하얀 꽃잎 가운데로 삐죽 솟은 꽃술에서 노오란 꽃가루가 검은 원피스 위로 소복하게 쌓여갔다. 미니버스 안의 대화는 유쾌했는데 이것이야말로 고인과 그 가족들에 대한 최대의 예의처럼 생각될 정도였다.

자장가

나이 드신 어른들을 위로하고 앞으로의 복된 날들을 기원하는 자리. 모인 사람들은 주로 고려인들이었고 간혹 러시아 사람들도 있었다. 아이들이 재롱잔치를 벌이기도 했고 그에 답하는 순서로 알렉산드르 바실리예비치가 나와 노래를 불렀다.

어머니, 어머니, 울지 마세요. 어머니가 울면은 나도 울어요. 아이야, 아이야, 어서 장성하여라. 장성하여서 아비 죽인 원수를 갚아주면은 나도 편히 눈을 감겠다…….

알렉산드르 바실리예비치는 1941년생 고려인으로 사할린 출신이다. 그가 만 네 살 때인 1945년, 해방 직전의 상황에서 아버지가 일본군에게 무참히 살해당하는 일을 겪었다. 여섯 살 위인 누나는 그때의 일들을 기억하고 있었으나 그는 너무 어렸다. 아래로 생후 6개월 된 동생이 또 있었다. 저 섬뜩한 노래는 남편을 잃은 어머니가 어린 자식들에게 불러주던 자장가라 했다. 그의 목소리는 너무도 섬세하고 여렸고, 멜로디는 서

정적이어서 가사를 이해하지 못하는 러시아 노인들은 곱고 고운 노래라고만 여길지도 몰랐다. 알렉산드르 바실리예비치 자신도 그 가사를 곱씹는다기보다는 그저 어머니를 그리워하는 마음으로 저 노래를 떠올린 것이었다.

어떤 세대, 혹은 시대를 이해한다는 것이 무엇일까? 김윤식 선생이 정지용의 예를 들어 이런 말을 한 적이 있다.

경도에서 그는 충청도 옥천의 그 엄격한 가부장적 삶 속에 보낸 유년기의 향수에 젖어 울먹였고, 서울의 모교에서 영어 선생 노릇을 하면서는 경도의 6년간의 삶이 그리워 몸부림쳤다. 그들은 경도를 사랑하고 그리워할 자격이 있을 것이다. 사람은 누구나 유년기 또는 청년기를 회고할 권리가 있기 때문이다. 그것이 일본 것이니까 삼가야 한다는 것은 일종의 지적 폭력인지 모른다. 자장가를 불러야 될 자리에 저도 모르게 일본 군가를 불러버리는 경우도 사정은 같다. 그의 세대엔 유년기에 부른 노래가 그것밖에 없었기 때문이다.

둘은 서로 반대의 지점에서 출발하는 얘기이지만 결국은 같은 얘기이기도 한 것 같다.

사드코

파리 프티 팔레에서 일리야 레핀전이 열렸다. 러시아 미술관에서 〈사드코〉, 〈오스만 제국 술탄에게 보내는 자포로제의 코사크들의 회신〉, 〈볼가강의 배 끄는 인부들〉, 〈1905년 10월 17일〉, 〈이 광활함!〉, 〈시험 준비〉 등이 갔고 트레차코프 미술관을 비롯해 러시아 전국 각지의 미술관들과 헬싱키 아테네움에서도 작품이 파리로 보내졌다. 개인 소장품들까지 총출동이다. 모두 100점이 넘는 작품이 전시 중이라고. 널리 알려진 레핀의 작품들은 대부분 러시아 미술관과 트레차코프 미술관에 나뉘어 있다. 〈쿠르스크주의 십자가 행렬〉, 〈체포되는 나로드니키〉, 〈1581년 11월 16일의 이반 뇌제와 그의 아들 이반〉, 〈아무도 기다리지 않았다(뜻밖의 방문자)〉 등은 트레차코프 소장, 〈나탈리야 보리소브나 노르드만-세베로바와 함께한 자화상〉은 헬싱키 아테네움 소장이며, 아이바좁스키와 함께 그린 〈흑해에 작별을 고하는 푸시킨〉 같은 그림은 푸시킨 박물관 소장이다. 그러니 이 모든 작품을 한 번에 볼 수 있다는 것은 무척 좋은 기회.

〈사드코〉를 보자. 리얼리즘적 기법에 입각, 사회 고발적 주제를 파고들거나 시대를 대표하는 인물들의 내면을 심도 있게 그린 것으로 유명한 레핀의 이력으로 볼 때 전설을 다룬 이 작품은 두드러진다. 이동파의 시작은 크람스코이였지만 그 절정과 끝은 레핀이었다. 레핀이 상트페테르부르크 예술아카데미 교수직을 수락하면서 사실상 이동파 활동은 막을 내린 것이나 다름없다. 그러나 비평가 스타소프의 조직력 아래 국민음악파 음악가들과 민중성에 기반한 민족의식 고취라는 한 뜻을 가지고 활동한 사람들이 이동파 미술가들이었다는 것을 알면 이해가 쉽다. 그는 예술아카데미 교수로 활동한 이후에는 한 유파에 얽매이는 것에 거부감을 보였으며 쿠스토디예프, 레리흐, 말랴빈 등의 제자를 길러냈다. 이들은 이동파와는 또 다른 방법으로 각자가 생각하는 러시아의 시정을 형상화했고 넓은 의미에서 일명 예술세계파의 테두리를 형성했다. 제각각 뻗어가는 가지로 브루벨이 있고 세로프가 있었으며 곧 러시아 아방가르드의 태동이 기다리고 있었다.

그러니까 레핀의 회화 〈사드코〉는 림스키 코르사코프의 (기존에 그가 작곡한 동명의 교향시를 발전시킨) 오페라 〈사드코〉와 한 쌍이다. '사드코'는 노브고로드 지방에 대략 11세기경부터 전해 내려오는 전설인데, 전통악기 구슬리를 연주하는 음유시인 사드코가 황금물고기를 잡아 선주가 되고 먼 바다로 항해를 떠났다가 바다 세계의 공주 볼호바와 사랑에 빠지게 되면서 겪는 모험 이야기다. 전설답게 예언이 있고 모험을 떠나 희

84

생을 통해 영웅적 성취를 거두며 깨달음을 얻어 귀향한다. 민족성의 구현이 최대의 목표였던 국민음악파의 일원 림스키 코르사코프는 오페라 <사드코>에 러시아 농민 음악과 민담을 차용했고, 동양적인 것, 특히 아랍풍의 선율을 적극적으로 활용했다. 여기에 러시아적 특성으로 광대함을 강조하기 위해 단순하고 소박한 5음의 온음계와 러시아 민속음악의 리듬 또한 활용했다.

그렇다면 이러한 전설과 오페라를 비주얼로 옮겨낸 회화 <사드코>는 어떤가? 오른쪽에 외투를 입고 선 남자가 사드코다. 바다 왕국의 미녀들이 요염하고 도도하고 고매한 자태를 뽐내며 사드코를 유혹한다. 그러나 그가 바라보는 곳은 좌측 상단에 돌아서서 옆모습을 살짝 비춰줄 뿐인 러시아 여인이다. 즉, 바다로 나가게 되리라는 예언에 따라 선단을 꾸려 바다에 몸을 던지게 된 그가 드디어 해양왕의 은혜를 입어 영광스러운 위치를 거머쥐지만, 결국 돌아가야 할 곳은 노브고로드라고 신적 명령이 재차 임하는 것이다. 그에게 부와 영예를 안겨준 바다 밑 볼호바 공주는 사드코와의 이룰 수 없는 사랑에 좌절하는 듯 보이나 사랑하는 이가 돌아가는 곳 노브고로드를 감싸고 도는 강물이 됨으로써 자신의 사랑을 완성한다(실제 노브고로드에 흐르는 강 이름이 볼호프다). 그러니까 저 그림에서 말하고자 하는 바는 이 모든 영광의 주인공이 노브고로드라는 것이다. 노브고로드야말로 러시아의 탄생지라는 수식어가 늘 따라다니는 곳이므로 민족 정체성 찾기의 시발점으로 삼기에 제격이다. 오페라 〈사드코〉에는 황금물고기를 잡은 사드코가 항해에 나서기에 앞서 인도, 베니스, 바랑인북게르만 바이킹 상인들로부터 축하의 노래를 듣는 장면이 나온다. 한자동맹의 일원으로 활발한 상거래의 중심지였던 노브고로드를 증명하는 장면이다. 레핀이 형상화하고 있는 인어공주들도 각각 상거래가 활발했던 지역의 전통 의상을 입혀 이국적인 분위기다.

페트로프 보드킨의 정물화

　페트로프 보드킨은 20세기 초 러시아 상징주의의 대표격인 인물로 저 유명한 러시아 아방가르드의 대문 앞으로 러시아 화단을 대담하게 이끌고 갔다. 〈붉은 말의 목욕〉이나 〈페트로그라드의 성모〉 같은, 소위 혁명의 북소리를 형상화했다고 평가받는 그림이 그의 대표작이라 하겠지만 정물화야말로 이 화가의 비범함을 일시에 드러내는 것으로 보인다. 2019년인가 크리스티 경매에서 러시아권 그림 중 최고가에 낙찰된 것도 그의 정물화였다.

　1878년 사라토프 현 흐발린스크에서 제화공의 아들로 태어난 그는 어릴 때부터 이콘 화가들의 영향을 강하게 받았다. 한때 사마라 철도학교로 진학을 시도하기도 하였으나 실패하고, 지역 상인회의 후원으로 상트페테르부르크의 스티글리츠 아카데미 등에서 수학했고 이후 모스크바의 회화·조각·건축 아카데미에서 학업을 이어간다. 발렌틴 세로프, 이삭 레비탄, 콘스탄틴 코로빈 등이 그의 스승이었다. 러시아의 유구한 전통이라 할 이콘 제작 기법에 영향을 받은 그였지만 재학시절 이

미 러시아 정교회와 크게 마찰을 빚었다. 그의 그림이 안게 된 죄명은 '에로틱'하다는 것이었다. 비잔틴적 전통 위에서 그 전망을 비트는 형식으로 창작 활동을 이어가는 그의 태도는 사실 러시아 정교회뿐 아니라 전통을 고수하는 미술 아카데미의 눈에도 곱게 보일 리 없었는데 베누아가 대표적으로 이 이단아의 편에 섰고, 대척점에 서서 비판했던 이는 레핀이었다. 혁명 후 페트로프 보드킨이 소비에트 당국에 의해 통합된 레닌그라드 예술가 연맹의 초대 회장으로 임명되었다는 사실은 그가 혁명 정부에서 받은 대우를 충분히 설명해준다. 결핵 발병으로 회화 작품 활동을 접고 글쓰기에 돌입했던 그는 1939년 레닌그라드에서 사망한다.

조르주 페렉이 『어느 미술 애호가의 방』에서 묘사한 대목을 살펴보자. 물론 조르조 바사리의 말을 빌렸다.

조르조네는 회화가 조각보다 우월하다는 것을 조각가들에게 입증하기 위해 한 인물의 앞과 뒤, 좌우 모습을 하나의 화폭 위에 담아 보여주고자 했다. 조각가들을 혼란스럽게 만들려는 목적에서였다. 그가 어떻게 그런 그림을 그렸는지에 대한 설명은 다음과 같다. 먼저 벌거벗은 채 등을 돌리고 있는 인물을 그렸고 그 앞에 투명한 샘을 배치했다. 그리고 그 샘물에 비치는 벌거벗은 인물의 정면을 그렸다. 다음으로 한쪽 가장자리에 얇은 갑옷 하나를 두어 벌거벗은 인물의 왼쪽 얼굴이 갑옷을 통해 나타나게 했다. 반들반들한 철제 갑옷이 모든

<헤링>, 1918

세부를 반사해 상세히 보여주기 때문이다. 끝으로 다른 쪽 가장자리에 벌거벗은 인물의 오른쪽 얼굴을 비추는 거울을 배치했다. 요컨대 이 창조적인 그림은 놀라울 정도로 환상적인 작품이다. 이 그림은 실제로 회화가 조각보다 더 많은 재능과 작업을 요구하며, 단 하나의 시선으로도 조각보다 자연을 더 잘 표현할 수 있다는 사실을 보여준다. 『어느 미술 애호가의 방』, p.78

　보드킨 또한 빛과 형태의 반사와 굴절, 심지어 왜곡까지 일시에 드러낼 수 있는 소재인 금속, 유리 등의 물체를 적극적으로 등장시킨다. <헤링>[1918]에서는 분절된 면에서 일어나는 비늘의 빛 반사를 극대화함으로써 생물이었다가 식품으로 식탁 위에 등장한 헤링의 물질성을 도드라지게 만든다. 식품의 초상

<사모바르 뒤에서>, 1926

<아침 정물>, 1918

이 일순간 성물이 되고 성물이란 다름 아닌 일상성이 묻어나는 그것이라는 듯.

다음 그림은 〈사모바르 뒤에서〉[1926]다. 툴라 지방의 사모바르가 식탁 한가운데 등장해 전면에 얼굴을 드러낸 여인의 뒷모습과 차려진 조촐한 찻상의 디테일을 여과 없이 비춘다. 거울 저편의 세계가 오롯이 담긴다. 사모바르 뒤로 생각에 잠긴 소년의 알 수 없는 표정이 어정쩡한 비율로 그림 끝에 겨우 걸린다. 이 어색한 구도와 비율이야말로 이 정물의 평정이 언제든 깨질 수 있다는 불안감을 감추지 않는데, 코발트블루의 깊은 색감은 반면 일말의 불안감을 잠시 잊어도 좋다는 듯 식탁에 초대된 손님, 다시 말해 그림의 감상자를 마취시킨다. 식탁보의 푸른 색감과 극명한 대비를 이루는 여자의 치마 색깔을 기억하자.

〈아침 정물〉[1918]에서는 독특한 팔각의 양은 찻주전자가 주인공이다. 식탁에는 누런 달걀과 흰 달걀 두 개지만 양은 주전자 안의 세계에서는 하나다. 차는 유리잔에 담겼는데 잔 또한 팔각이다. 꽃병 안의 꽃은 물론 들꽃이다. 들꽃은 곧 힘없이 흐드러져 아래로 축 처지게 마련이지만 아직은 줄기가 짱짱하다. 아침이고, 막 흙에서 뽑아온 모양이다. 그러나 꽃대와 비교해 형편없이 낮은 꽃병 높이로 인해 어딘지 위태롭다. 그 덕에 더욱 풍성한 생명력은 느껴진다. 앞선 그림에서 소년의 침울한 표정과 어딘지 닮은 구석이 있는 털 많은 반려견의 주눅 들고 졸린 듯한 눈이 역시 그림의 좌측 상반부에 불안하게 걸려있다. 사실 정물화에서 쉽게 선택하지 않는 구도이긴 하다. 불안정한 마름모꼴의 구도다.

화면은 이제 식탁에서 책상으로 옮겨온다. 〈라일락이 있는 정물〉[1928]이 바로 최대 경매가를 기록한 작품이다. 여기서 약간의 변형을 준 작품이 〈유리컵에 담긴 벚나무 가지〉[1932]다. 이쯤 되면 눈치채겠지만 시점이 독특하다. 책상의 주인이 막 책상에서 일어나거나 다시 책상에 앉으려는 듯한, 매우 개인적인 시선으로부터의 각도를 유지하고 있는 것. 그러므로 정물Still Life, 즉 죽은 듯 멈춰있는 풍경이지만 이 각도 덕분에 이 풍경은 운동성을 갖는다. 어제도, 오늘도, 내일도 비슷하게 반복될 일상이지만 이 풍경은 움직인다. 시간이 깃든다. 역시 짙은 푸른빛이 이번엔 테이블보로 등장했다. 붉은 물체는 프랑스 잡지 *L'Art Vivant*살아있는 예술로 1925년부터 1929년까지 발간되었다. 어느 호에서는 소련의 예술을 집중적으로 다루기도 했다고. 일상의 사물은 이런 것들이다. 성냥갑, 잡지 표지, 테이블보, 집 밖에서 거두어 온 꽃, 막 도착한 편지 봉투, 유리잔, 사용 흔적이 있는 자기 접시와 양은 숟가락, 잉크병.

일상을 특별하게 포착하는 운동성 있는 시선, 불안과 안정이 교차하는 구도, 붉은색과 푸른색의 선명한 대비—소비에트적 정물의 순간들이다.

<라일락이 있는 정물>, 1928

<유리컵에 담긴 벚나무 가지>, 1932

아르히프 쿠인지의 아틀리에에서

아르히프 쿠인지[1842~1910]는 크림반도로 흘러온 그리스계 유민들이 이룬 아조프해 인근 마을 마리우폴 출신이다. 인생 후반은 여유 있게 살았으나 불우했던 어린 시절에 대해 스스로 얘기한 바 없었다. 일기나 회고록에도 지극히 공적인 내용만을 담았다고. 마리우폴은 1950년대 중반까지 순수 그리스계 마을이었다. 크림-타타르어와 그리스어를 주로 쓰고 러시아어와 우크라이나어를 부분적으로 썼다. 아버지의 본래 성은 예멘지[튀르키예어로 '노동하는 자'라는 뜻]였으나 1857년 아르힙 이바노비치의 성은 쿠인지[튀르키예어로 '황금일을 하는 마스터' 주로 보석공]로 관청에 등록되어 있었다. 당시 러시아 남부에는 튀르키예어와 그리스어, 타타르어 어휘가 구분 없이 두루 쓰였다 한다. 그런 만큼 다양한 언어로 된 성씨가 같은 뜻을 지닌 러시아 성씨로 바뀌어 등록되는 일도 흔했는데 그의 맏형 스피리돈은 금을 다루는 사람이라는 뜻의 러시아어 '졸로타료비'라는 성을 쓰게 되었다. 아르힙 이바노비치는 끝내 쿠인지라는 성을 고집했다.

일찍 부모를 여의고 친척과 맏형 손에 맡겨졌는데 그들

또한 모두 가난했던 탓에 소년은 정규 교육을 받을 기회가 없었다. 삶의 현장에 일찍 발을 내디딘 그는 정교회 건축 공사 현장에서 일하는가 하면 사진사의 조수로 일하기도 했는데 그렇게 고향을 떠나 타간로그, 오데사 등지로 옮겨 살았다. 그림에 대한 재능은 매우 일찍 발현한 것으로 보인다. 그리고 주변의 추천과 도움으로 페테르부르크의 황실 미술 아카데미에 입학한다. 1860년대 후반의 일이다.

바실리섬의 아틀리에는 그가 1897년부터 1910년까지 작업하며 살았던 곳으로 쿠인지 이전에도 많은 화가가 거처로 삼았던 곳이라 '화가들의 집'으로 불리기도 한다. 그는 이 집에서 유명을 달리했다. 1910년 7월 11일. 황실 미술 아카데미에서 공부하고자 수도에 입성한 것이 1860년대 말의 일이었으니 그는 이 도시에서 40여 년을 살았던 셈이다. 지금 러시아 미술관에 있는 〈라도가 호수〉나 트레차코프 미술관에 걸린 〈발람섬에서〉 같은 그림들이 팔리면서 그는 명성을 얻기 시작했다. 그 그림들을 매입한 이는 그 시대 예술사 어디에서도 이름이 빠질 리 없는 트레차코프였다.

샤갈처럼 쿠인지도 고향 마을의 처녀에게 청혼하고 고향 마을의 풍습그리스식대로 거기서 결혼하고는 신부를 수도로 데려왔다. 수도의 여러 아파트를 옮겨 다니며 살았지만 바실리섬을 떠난 적은 없었다. 1880년대 중반까지는 별것 없는 세간살이에 밤늦도록 가난한 예술가들이 술잔을 기울이며 떠들어대는 보헤미안적 풍경이 그의 집에서 이어졌다 하고, 〈자작나무 숲〉, 〈드

네프르강의 달밤〉 같은 작품들이 이 시기의 작품들이다.) 그 이후엔 무섭도록 고요가 내려앉았다 한다. 그러다 거상 옐리세예프 가문 소유의 집, 높은 천장의 작업실이 딸린 이 아파트에 세를 얻었다. 소박한 살림살이는 여전해서 그중 제일 값나가는 물건이래야 아내의 피아노였다. 독학으로 바이올린을 익힌 쿠인지는 뛰어난 피아니스트였던 아내와의 연주를 즐겼는데, 제일 좋아하는 작곡가는 베토벤이었다고.

독특한 커팅의 높고 넓은 창문 밖 풍경은 바실리섬 스트렐카[곶]로부터 맞은 편 페트로그라드섬에 이르기까지 웅장하게 펼쳐진다. 창으로부터 이어지는 벽에는 쿠인지가 예술아카데미에서 가르치던 시절 제자들이었던 러시아 근대 미술사의 또 하나의 거대한 산맥—보가예프스키, 료리히, 르일로프 등의 작품과 사진이 걸려있다. 그는 형편이 어려운 제자들에게 기꺼이 물질적 도움을 주었다고 하는데, 제자들이 베를린이나 드레스덴, 파리 등지에서 지내며 전시회를 보고 예술가들의 모임에 참여할 수 있도록 적극적으로 지원했다 한다. 이런 성격의 지원 작업을 지속하기 위해 그는 늘 협회 혹은 재단 설립을 바랐다. 작업을 쉴 때 쿠인지는 지붕으로 올라가 때마침 페트로파블롭스크 요새의 대포 소리에 놀라 쫓겨온 새들에게 먹이주기를 즐겼다 한다. 작업실 아래층 생활 공간에는 그의 스승이자 선배이자 친구였던 이반 크람스코이가 그린 초상화가 걸려있다. 인테리어의 중심이다.

생애 말년에 그의 제자들을 중심으로 스승의 숙원 사업이

〈밤 풍경〉, 1905~1908

던 쿠인지협회가 결성되었고 이 협회는 쿠인지 사후 그의 토지와 작품 등 전 유산을 기반으로 운영되었다. 이후 1929년, 그의 작품들은 러시아 미술관으로 귀속되었다. 쿠인지가 생전에 트레차코프에 넘긴 작품들만 예외였다.

상트페테르부르크의 러시아 미술관 본관에서 베누아 윙으로 이어지기 바로 직전 방, 그곳에 아르힙 쿠인지의 그림들이 걸려있다. 이른 새벽과 한낮, 황혼 무렵, 달빛이 그윽한 밤이라는 다양한 시간대, 탁 트였으나 끝도 깊이도 가늠할 수 없는 지평선과 수평선이 등장한다. 그 앞에서 우리는 가없는 고독을 경험한다. 텅 비어있는 공간들은 잡힐 듯 잡히지 않는 몽환적 색채감을 간직한 채 그 너머가 가려져 있다. 그래서 그 방을 찾을 때마다 아득히 먼 태곳적 이야기를 그리는 마음이 되었던 것. 구체적 현재지만 동시에 시간을 뛰어넘는 풍부한 메타포를 간직한 풍경들이다. 여기 그의 작업실 창문에 서면 그 갈증이 한층 더해진다.

〈바다. 크림〉, 1898~1908

3장

트라페자

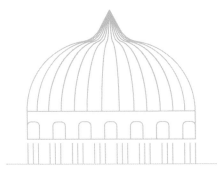

키지

페트로자보츠크^{Петрозаводск}는 러시아 연방 내 카렐리야^{Карелия} 공화국의 수도로 키지^{Кижи}섬에 가기 위한 베이스캠프였다. 상트 페테르부르크에서 기차로는 아홉 시간이 걸린다 했고 차로 다 녀온 사람 말로는 일곱 시간 반 걸려 운전에 지칠 즈음 도착했 다던데, 속도 내서 달리는 법이 좀처럼 없는 내가 여섯 시간 만 에 이 도시에 가뿐히 닿은 것은 지금 생각해도 불가사의한 일이 다. 푸른 카렐리야가 우리를 향해 환상곡을 연주한 모양이었다. 페트로자보츠크는 휴양지와는 애초에 거리가 먼 지명이다. 표 트르 대제와 공장의 합성어니까. 표트르 대제가 모스크바를 탈 출해 상트페테르부르크에 수도를 건설할 당시, 그 수도의 건설 과 방어에 필요한 철강산업을 위한 기지로 건설했던 도시가 바 로 페트로자보츠크다. 지하자원 매장량도 상당하고 임업, 철강 및 시멘트, 기계 산업 등도 발달했을 뿐 아니라 철도교통의 요지 이기도 하다. 러시아 동과 서의 물동량이 페트로자보츠크에서 만나 북의 무르만스크로 올라간다.

　도착한 날은 빗줄기가 지저분하게 내려앉던 날이라 가뜩

이나 복잡하게 얽힌 철길과 각종 정비소, 공장들이 속속 눈에 들어오던 풍경이 한층 어수선해 보였다. 오네가호수 변에 자리 잡은 숙소는 그래도 전망이 좋았는데 자작나무가 늘어선 오솔길이 발치에 있고 바다같이 끝없이 펼쳐진 호수 위에 떠 있는 섬에는 울창한 나무들이 가득 차 있었다. 날은 흐렸다 갰다 반복했고 그럴 때마다 시시각각 변해가는 물빛을 보는 것도 큰 재미였는데 라도가 호수(네바강의 수원인 이 호수에 얽힌 전설만 해도 한둘이 아니다. 나라에 큰 전쟁이 날 때마다 그 전쟁 영웅을 둘러싼 기적 같은 승전 신화가 이곳을 배경으로 전해 내려왔는데, 제2차 세계대전 당시 레닌그라드 봉쇄 때는 얼어붙은 이 호수 위로 물자 수송이 이루어졌다. 제2차 세계대전 전에는 핀란드와의 국경이 되기도 했으나 지금 이 호수의 반은 카렐리아 공화국에 반은 레닌그라드주에 속한다)에 이어 유럽에서 두 번째로 큰 호수라는 이 오네가호수 변이야 말로 공장 도시 시민들이 유일하게 호젓한 휴식을 가질 수 있는 장소인 모양인지 해가 조금이라도 비치면 어디선가 사람들이 쏟아져 나왔다. 키지섬으로 떠나는 배가 정박한 항구 주변으로 놀이공원이 꾸며져 있었고, 거기로 어린아이들을 데리고 나와 휴일 분위기를 즐기는 사람들은 저 환상의 섬으로 떠나려는 적지 않은 여행객 무리를 보면서 지역 주민으로서의 자부심에 젖는 것이었다.

잠수함처럼 생겨 반쯤 물에 잠기듯 낮게 떠서 가는 배를 타고 뭍에서 떠난 지 한 시간 십오 분 만에 좁고 긴 섬에 닿았다. 키지섬은 페트로자보츠크에서 육십팔 킬로미터 떨어져 오네가

호수 가운데 떠 있다. 뱃길로 모스크바와 상트페테르부르크를 잇는다면 그 가운데 이 섬을 지나게 되고, 당연히 크루즈 등으로도 키지섬을 들를 수 있다. 차로 올 수 있는 거리에 살고 있으니 육로로 온 것이지만, 그렇지 않았더라도 카렐리아라는 독특한 지역을 두 발로 누비며 이 섬까지 오겠다는 욕구가 편리한 여행에의 유혹을 떨쳐내게 했으리라. 오네가호수 위에는 천 개가 넘는 크고 작은 섬들이 떠 있고 그중 키지는 독특하고도 아름다운 목조 건축물의 앙상블을 지니고 있다.

이 핀-우그르족의 땅 오네가호수 지역에 북슬라브 사람들이 정착하여 살기 시작한 것은 중세 벨리키(위대한) 노브고로드 공국 시절로 거슬러 올라간다. 다섯 개로 나뉜 노브고로드 공국의 행정 구역(피야치나) 중 이 오네가호를 포함하는 오보네쥬스카야 구역은 북으로 백해와 북빙양에 맞닿아 있어 '신과 경계를 나누었다' 할 만큼 신비로움을 간직했던 곳이다. 알려진 바와 같이 노브고로드 공국은 이례적인 합의체인 베체вече를 기반으로 제한적 민주주의를 실천하고 있었고, 뛰어난 심미안으로 목조 기술과 각종 수공업의 발달을 이루었으며, 노브고로드인들은 농사꾼다운 단순하고 소박한 생활을 미덕으로 알았다. 공국이 세력을 떨치면서 이 북방에 정착한 슬라브인들이 일멘호수를 근간으로 했던 자신들의 터전에서 보이던 특성들을 그대로 이어갔음에는 의심의 여지가 없다. 그러나 이곳은 오랫동안 이교도들의 땅이었던 곳. 그들의 풍습과 미적 태도가 노브고로드인들의 손끝에서 새롭게 조화를 이루었을 터였다. 잔혹 동화에 나올 것 같은, 기괴하고도 낯선 아름다움의 지붕 장식을 겹겹이 얹은 교회를 저 멀리서 바라보면서 이를 실감했다.

가장 오래된 목조 교회라는 나사로 부활교회는 14세기의 것이고 아르항겔 미하일 치소브냐 같은 몇몇 작은 기도소들은 17세기의 것들이지만(이들은 오네가호수 지역의 각 마을로부터 옮겨온 것들이다) 이 키지섬에서 가장 주목받는 곳은 포고스트^{주거지역으로부터 떨어져 울타리 친 구획 안에 무덤을 품고 있는 교회} 내부로 이곳의 건축물들은 18세기에서 19세기의 것들이다. 나무껍질이라고는 믿기 어려울 정도로 은빛의 찬란함을 발하는 양파 머리 스물두 개를 여섯 개의 층위로 얹은 그리스도 변용 교회¹⁷¹⁴와 그보다는 단출하고 절제미가 느껴지는 열 개의 지붕 장식을 얹은 성모교회¹⁷⁶⁴, 각진 모양의 종탑¹⁸⁷⁴이 한 세트를 이룬다. 이로써 머리는 모두 서른세 개다. 다양한 각도에서 관찰해보아도 서로가 무척 다르면서 하나처럼 잘 어울린다. 본래 이 섬은 정교 전파 이전에도 지역민들이 토속 의례와 축제를 위해 정기적으로 배를 타고 들어왔던 곳이라 하고, 정교를 자신들의 종교로 받아들인 이후에는 마치 즐거운 축제 같은 예배를 위한 공간이 되었다고 한다. 실제로 포고스트 내의 두 교회는 각각 여름교회, 겨울교회로 불리고 있었다. 노브고로드 공국의 중심부와 북방을 잇는 교역로 역할을 하면서 무역과 수공업 등이 발달했던 이력도 지니고 있다.

삐걱거리는 나무 계단을 올라 어둑한 예배당 안으로 들어가 작은 창문으로 겨우 비춰드는 햇빛에 의지해 오래된 이콘을

바라보았다. 밖으로 나오니 역시 오래된 종탑에서 투박한 겉모습에 어울리지 않는 맑은 종소리가 울려 퍼졌고 그 종소리를 들으며 우리는 풍차에서 갈대밭으로, 들꽃이 가득한 들판에서 어느 농가의 문 앞으로 한가하게 걸었다. 길의 중간쯤에서 중세 수공업자의 후손이 손으로 깎아내는 목각 인형을 하나 샀다. 풀빛 머릿수건을 두른 아낙이다. 나무라는 소재는 인간을 형상화하기에 가장 겸손한 재료지만, 염색 헝겊의 발랄한 색감은 삶의 축제적 요소를 드러내기에 충분하다. 못 하나 쓰지 않고 잘라낸 나무를 두드려서 아귀를 맞추었다는 목조 건축물들을 볼 때 드는 경이로움 속에는 저러한 유희적 경쾌함도 포함되어 있는 듯하다. 페트로자보츠크를 떠날 때는 무거운 구름이 비를 잔뜩 뿌려대고 있었는데 키지섬에 도착하니 하늘이 밝게 열려 전혀 다른 곳에 와있는 느낌이었다. 그러다가 돌아가는 배에 발을 올려놓을 즈음에는 아까 보았던 시커먼 구름이 다시 몰려드는 것이었다. 꿈 같은 한순간이 키지섬에 고여 있었다.

발람수도원

소르타발라에서 배로 발람섬에 들어갔던 얘기다. 오전 11시, 백여 명의 사람들이 한배에 타고 50분가량 바다 같은 호수를 떠가는 도중 비를 후두둑 떨어뜨리던 먹구름이 걷히고 시퍼런 하늘이 어느새 머리 위에 와있다. 배에서 내린 사람들은 미리 안내받은 대로 열댓 명씩 무리 지어 한 안내자에게 보내어졌다.

북방의 노르만족이 남방 그리스로 이동하는 통로가 되었던 발람제도. 라도가호수 북부의 최대 군도인 이 섬들은 가파른 바위 절벽으로 둘러쳐진 탓에 배가 닿기 쉽지 않다. 발람제도 중 가장 큰 섬인 발람섬에 자리 잡은 발람수도원은 백해 부근의 솔로베츠키수도원과 함께 북방 슬라브인들의 정교와 슬라브 정신을 지켜내기 위한 수비대 역할을 해온 곳이다. 오랜 싸움의 대상이었던 스웨덴뿐 아니라 16세기부터는 영국의 침입이 있기도 했다. 수도원의 설립자는 성자로 추앙받는 발람의 세르기Sergi와 게르만German이라고 전해진다.

소박하지만 짐작할 수 없을 만큼 오랜 시간 의연하게 자리를 지켜온 소나무가 그 뿌리를 강하게 흡착해 박아버린 납빛의 화강암, 쪽빛 물속에서 봉긋 솟아오른 듯싶더니 이내 북쪽 하늘로 쏟아져 들어가는 녹음, 이런 것들이 발람섬을 천상의 장소로 만든다. 선착장에 발을 내딛고 무리 지은 사람들을 한번 둘러보았다. 성지를 찾아드는 순례자. 러시아에서는 이를 '팔롬니크паломник'라 부른다. 세상에서 어떻게 먹고살았건 간에 이 선착장에 내려 줄지어 붉은 사원으로 들어가는 우리는 어쨌거나 모두 '팔롬니크'가 되지 않을 수 없었다. 화려한 정교 사원의 건축 양식에 감탄하려고 이 먼 곳까지 찾아온 것만은 아니니까.

교회마다 보통 아래위로 예배당이 구분되어 있었다. 안내자의 설명이 끝나고 나면 저마다의 간절함을 담아 밝히는 촛불들이 구릿빛 촛대에 빙 둘러쳐졌다. 뒷마당엔 우물이 있고 그 우물가에는 봉사자들의 숙소며 식당이 있다. 붉은 사원으로부터 일 킬로미터가량 소나무 숲길을 걸으면 노란 사원이 나온다. 성자의 이름을 따거나 기적의 염원을 담은 길고 긴 이름들이 있지만 사람들에게 즐겨 불리는 이름은 그저 붉은 사원, 노란 사원, 녹색 사원 하는 것이다. 남성 수도원인지라 아직도 여성 순례자들이나 봉사자들의 출입이 제한되는 곳들이 있다. 노란 사원에서 제법 가파른 언덕 위로 등산하듯이 올라가니 차소브냐라고 하는 조그만 기도소가 나온다. 거기서 바라보는 풍경이 기막히다. 숲의 화가 이반 쉬슈킨의 그림 중에 퍼뜩

이반 쉬슈킨, 〈사냥꾼이 있는 풍경. 발람섬에서〉, 1867

떠오르는 것이 있다.

15세기경 자리 잡기 시작한 발람수도원은 성경, 기도문 등 주요 문서를 필사하는 일의 중심지로 성장했는데 리보니아 전쟁1556~1583 당시 방화와 살육으로 거의 잿더미가 되다시피 했다고 한다. 표트르 대제가 스웨덴 군대에 대승을 거둔 후 내린 중대 지시 중 하나가 발람수도원의 재건이었다 하니 러시아가 민족의 뿌리를 확실히 정교 전통 안에서 찾고자 했다는 것과 기왕에 수도 천도까지 한 마당에 이 '북방의 아토스'가 지니는 중요성이 대단했다는 것을 알 수 있다. 1719년 구세주 변용 교회스파소 프레오브라젠스키 사보르, 1721~1729년 성모 승천 교회우스펜스카야 체르코비가 차례로 지어졌다. 오랜 세월을 견뎌온 거의 모든 것들의 뒷이야기가 그렇듯, 이 수도원은 대화재목조건축물이 대부분이던 시절이었다를 겪기도 한지라, 재건 사업은 19세기 전체를 관통하는 과제였다. 다마스킨이라는 걸출한 수도원장의 업적이 전설처럼 내려오는 것도 이 시기의 일이다. 19세기 중반부터 섬으로의 정기선이 생기면서 방문객이 많아져 이들을 수용하기 위한 숙소동이 지어졌고 여기 묵으면서 역작을 남긴 예술가 그룹 가운데 대표적인 인물들이 바로 페테르부르크 풍경화가들인 발라쇼프, 죠긴, 쿠인시, 쉬슈킨 같은 이들이었다. 더 나중에는 레리흐 같은 이도 찾아왔다.

1850년 발람을 방문해 쓴 츄체프의 시들이 그의 대표작이 되었다고 하고, 차이콥스키의 교향곡 1번 2악장도 여기서 쓰였다고 하며, 『왼손잡이』의 작가 레스코프도 "루시의 성정이 위대한 자연과 금욕적 태도라 한다면 이 발람섬에는 이 모든 것이 있다"라며 감탄했다 한다. 여행자가 머릿속에 미리 그린 선명한 이미지가 실제 대상과 마주하면서 더욱 생생하게 살아날 수도, 속살을 만지는 것을 방해할 수도 있다 할 때 실제로 본 발람섬은 다소 거칠지만 안온하게 다가왔고, 레스코프의 말에 한 치도 과장이 없음을 인정할 수 있었다. 다시 15분간 배를 타고 다른 선착장에서 내려 과수원을 거친 다음 올라간, 이 수도원의 본당 격인 구세주 변용 교회에서 들은 성가 합창단의 목소리는 이제껏 들어본 적 없는 맑고 자유 위를 거니는 가락이었다. 머릿수건을 쓴 아낙들은 온몸에 힘이 쭉 빠진 듯 예배당 벽에 기대어 앉았고 우는 아이를 달래는 젊은 아비의 얼굴에도 긴장된 기색이 없었다. 이후 우리는 '트라페자'로 인도되었

다. 트라페자는 공동의 식탁이다. 소박한 음식을 함께 나누어 먹는 형제, 자매의 식탁이다. 야채수프와 푸른 잎 샐러드, 삶은 메밀, 찐 흰 살 생선을 차례로 먹었다. 나는 하루 순례객으로 분장한 관광객형 방문자일 뿐이지만, 옆 테이블에는 길고 긴 노래 같은 기도문을 외고 접시를 받아드는 진짜 팔롬니크들이 계속해서 들어와 앉았다. "저들은 진짜야." 내 옆의 사십 대 가장이 아내의 옆구리를 툭 치며 말했다. 우리는 모두 매일을 진짜같이 살고 싶다.

20세기 들어 발람수도원의 이력은 대략 이러하다. 제1차 세계대전과 볼셰비키 혁명으로 수도원의 발전은 중단되었고 이후 핀란드가 독립[1918]하면서 발람섬도 핀란드 영토가 된다. 루터교의 나라 핀란드는 정교의 성지를 좋게 볼 리 없었고 이들이 이제껏 모국어로 써온 러시아어의 사용도 잇따라 금지되었다. 1940년 발람섬은 다시 러시아에 복속되었으나, 1945년 이후 정권은 이곳을 나이 든 상해 군인들을 위한 일종의 양로 시설로 사용했다. 개방, 개혁 무드를 타고 국가 지정 자연-건축 문화재로 지정되기도 하면서 서서히 동면에서 깨어난 발람수도원은 러시아 총대주교 알렉시 2세에 의해 적극적으로 소명되기 시작해 1989년부터 수도승 6명이 들어가 수도원 기능을 회복하는 노력이 이루어지게 되었고 오늘날에 이르게 되었다.

마슬레니차

동슬라브 민족들은 이제 막 마슬레니차를 통과했다. 마슬레니차는 러시아 정교의 사순절 직전 일주일 동안 열리는 일종의 봄맞이 축제로, 가톨릭 문화권의 카니발과 유사하게 진행된다. 사순절 기간의 엄숙하고 절제된 생활, 금식을 앞둔 시점에서 '마지막으로' 든든한 음식들을 먹으며 신나게 놀아보겠다는 것. 마슬레니차는 마슬로, 즉 버터에서 유래한 이름이다. 정교회는 본래 사순절에 들어가기 일주일 전부터 금식을 명했는데, 육식과 유제품 등을 모두 금했던 사순절 기간에 비해 이 마지막 한 주간만은 우유와 버터, 달걀의 섭취를 허용했다. 그래서 밀가루, 메밀가루 등에 각종 유제품을 섞어 부친 팬케이크인 블린을 실컷 나누어 먹었다는 것이다. 동그랗고 노란 팬케이크는 태양의 상징이다.

이 블린에 대해서라면 가짓수만큼이나 만드는 방법도 다양하고 그에 얽힌 이야기 또한 적지 않은데 알렉산드르 푸시킨이나 알렉산드르 쿠프린, 이반 부닌 같은 작가들은 『예브게니 오네긴』, 『사관생도들』, 「정결한 월요일」 등의 작품에서 블

린이 있는 마슬레니차의 모습을 하나의 러시아적 풍경으로 그려내었고, 특히 안톤 체호프나 미하일 조셴코 같은 작가들은 이 섬세한 부엌 예술에 대한 빼어난 이야기들을 빚어냈다. 돌도끼나 돌칼이 아니라 블린이야말로 문화인류학적 연구 대상이 되어야 한다면서 천년을 지나 어머니로부터 딸에게 전해 내려오는 이 성스럽기까지 한 정성의 시간을 세세히 묘사한다. 믿음과 전통, 감각과 직관, 환희와 고통이 모두 깃든!

체호프에 따르면, 네크라소프가 일찍이 고통받는 러시아 여성에 대해 이야기했다고 할 때, 일정부분 그것은 블린 때문이라고 말해도 좋을 정도라는 것이다. 그러나 그는 단편집 『삶의 권태』에 수록된 「덧없음에 관하여」를 통해 분명히 경고하기도 했다. 한계 없이 먹고 마시다 맞이하게 되는 비극적인 결말을. 부활을 앞둔 죽음을 핑계로 벌이는 이 탐욕의 장을 어쩔 것인가!

마슬레니차는 동슬라브족이 정교 신앙을 받아들이기 이전부터 지켜오던 봄맞이 축제가 정교회에 흡수되면서 형성된 일종의 혼합문화다. 더 정확히 말한다면 정교 속에서 강하게 살아남은 이교도적 전통이다. 슬라브 신화에서 벨레스는 농경과 목축의 신이었다 하는데, 이 벨레스는 곰과 동일시되었다. 그래서 지금도 축제 현장에 가면 분장한 곰을 끌고 다니며 함께 춤추는 모습을 종종 볼 수 있다. 촌락을 이루어 살던 농경 문화적 전통으로는 마슬레니차 기간이 시작되는 월요일, 마을 언덕에 어른, 아이 할 것 없이 모두 모여 여성의 형상을 한 지

보리스 쿠스토디예프, 〈마슬레니차〉, 1919

푸라기 인형을 세우고 일주일 내내 먹고 마시고 춤추다가 축제가 끝나는 일요일 그 지푸라기 인형에 불을 붙여 태운다. 그 인형의 이름 또한 마슬레니차다. 먼 옛날에는 산 처녀를 제물로 바쳤다고 한다.

축제의 하이라이트인 일요일, 엘라긴섬을 산책했다. 목각 인형 장터를 구경하고, 야외 인형 극장에 앉아 우스꽝스러운 쇼를 보고 웃다가, 뜨거운 차 한 잔에 블린 한 장을 곁들여 먹으며 언 발을 녹였다. 손에 손을 잡고 큰 원을 만들어 돌며 춤을 추다가 저편 아직 얼음이 남은 곳으로 가 마슬레니차 인형을 세워놓고 불태우는 것도 구경했다. 잉태의 능력이 있는 여성만(생명력을 상징하기 때문에) 인형으로 만든다. 그 생명은 태워져 죽고, 재가 되어 땅에 스며든 다음 생명이 깃든 작물로 다시 태어날 것이었다.

정말 봄인가 했더니 하루 만에 다시 눈이 내린다. 인형들을 태우면서 겨울은 죽고 봄이 태어난 것 같았지만 아직. 성급하게 손질해서 옷장 깊숙이 집어넣을까 했던 가장 두툼한 외투를 다시 꺼내고 이제는 그만 신고 싶었던 굽이 무거운 부츠도 어쩔 수 없이 다시 꺼내 신는다. 본래 러시아의 봄은 파스하(부활절)와 함께 오는 것이니까 그때까지는 봄이 아니다.

모스크바의 콜로멘스코예에서 벌어지는 마슬레니차 기념행사는 특히 유명하다. 영화 〈러브 오브 시베리아(원제 : 시베리아의 이발사)〉에서 얼음 미끄럼틀을 내려오고, 썰매를 타면서 시끄럽게 노는 장면도 이곳의 모습이다. 봄은 마음으로 먼저 찾아온다. 울긋

불긋한 마슬레니차 기간 러시아의 모습을 보리스 쿠스토디예
프처럼 잘 묘사해낸 이도 없을 것이다.

헬레네 쉐르벡이 그린 북구의 얼굴들

이곳 사람들은 중남부 유럽인들에 비해 월등하게 우람한 골격과 신비감을 주기에 충분한 은빛 머리털, 느긋한 태도를 찾아보기 어려운 의지에 찬 표정 등을 지니고 있다. 거친 자연과의 싸움이 오히려 인생에 대한 강한 긍정을 불러일으키고 사회 제도와 개인의 생활 태도에는 자연 친화적인 성향이 뚜렷하게 반영되어 있다. 헬싱키는 마침 유럽의 디자인 수도로 선정되어 있었다. 올망졸망한 가게들의 쇼윈도에서 어렵지 않게 찾아볼 수 있는 알바 알토Alvar Aalto의 작품이라든가 건축가이며 가구디자이너였던 수오말라이넨Suomalainen 형제가 디자인해 1969년 완공되었다는 템펠리아우키오교회Temppeliaukio Kirkko, 혹은 아라비아 핀란드, 마리메코 같은 브랜드의 존재는 헬싱키가 자신의 세련된 감각을 입증해 보일 충분한 증거였다.

그러고 보니 핀란드에 대한 강렬한 첫인상을 하나 떠올릴 수 있었다. 그것은 아키 카우리스마키 감독의 영화 〈레닌그라드 카우보이 미국에 가다〉로부터 얻은 것이었다. 핀란드 북부 혹독한 기후의 툰드라지대에서 활동하는 한 기상천외한 밴드가 미국 진출을 시도하다가 온갖 음악 장르를 섭렵하고 멕시코까지 이르는 대장정을 다루는 이 영화에는 엉뚱한 아이디어가 가득하다. 디자인 박물관을 찾아 오르는 언덕길에서 만난 동네 멋쟁이들에게서도 그런 유머러스한 기운이 넘쳐났다. 그러나 핀란드 디자인의 황금기라고 불리는 시기가 1945~1967년에 걸친 기간이고 당시 이 나라가 제2차 세계대전의 패진국으로 혹독한 전쟁 후유증을 뚫고 나와 이른바 사회를 재건하는 과정에서 디자인과 건축이 부흥기를 맞이했음을 알고 나면 우리는 이들의 명랑함에도 눈물겨운 사연이 있음을 생각하지 않을 수 없다.

느긋한 아침 산책 이후, 아테네움 미술관으로 들어가는 발걸음은 가벼웠다. 순수미술과 응용미술을 같은 선반 위에 올려둔다는 이 미술관의 캐치프레이즈는 19세기 말이라는 개관 당시의 상황으로선 매우 과감한 시도였음이 분명하다. 공예와 디자인에 대한 정당한 할애와 지지가 오늘날의 핀란드 미술을 있게 했던 것이 아닐까. 그러한 관심의 연장선상에서 상설 전시만을 염두에 두고 입장했던 그곳에는 당시 탄생 150주년을 맞은 핀란드 출신 화가 헬레네 쉐르벡Helene Schjerfbeck 특별전이 열리고 있었다.

19세기 중반에 태어나 20세기 중반에 세상을 떠난 이 핀란드 화가에 대해 알 턱이 없었던 나는 삼백 점이 훌쩍 넘는 그녀의 작품들을 접하고서 예상치 못한 인상을 받았다. 그리고 노르딕 권역에서는 널리 알려진 지 오래라는 그녀가 그간 우리에

126

헬레네 쉐르벡(Helene Schjerfbeck, 1862 ~ 1946)

게 이토록 낯선 존재로 남아 있었다는 사실이 조금 의아하게 여겨지기도 했다. 그녀의 초기 작품들은 러시아의 여성 화가 세레브랴코바 풍으로 일상의 기쁨을 노래하는 여성적인 감수성이 섬세하게 표현되어 있다. 그러다가 중기 이후로 갈수록 에곤 실레 풍의 몹시 일그러진 얼굴 그림들이 줄을 잇는다. 삶에 대한 기쁨으로 충만한, 명랑한 디자인의 얼굴 뒤에 숨은 진중한 핀란드의 저력, 혹은 단순화에 이르기까지 겹겹이 쌓인 이야기의 압축 뒤에 숨은 비밀이 그녀의 그림 밑바닥에 있었다.

그녀가 모델들을 다룬 방식은 좀 특별하다. 헬싱키에서 서쪽으로 50킬로미터가량 떨어진 소읍 히빈카에서 23년^{1902~1925}, 그로부터 멀지 않은 타미사리라는 마을에서 다시 16년^{1925~1941}을 지내며 화가는 거의 주변 사람들만을 그렸다. 친척과 친구들은 물론, 매일 인사를 주고받는 이웃들, 집주인, 재봉사, 하녀, 공장노동자, 동네 아이들에 이르기까지. 두 세기를 걸쳐 살았던 화가는 20세기로 넘어오면서 세기적 현상을 반영하기라도 하듯 실물과 유사하게 그리는 전통적 인물 표현 기법을 철회하고 그 인물됨의 핵심을 파악해 점차 단순화하는 방식으로 나아간다. 대상은 점점 나이 들지만 화가의 붓질은 점점 젊어진다. 동일 인물을 애정을 가지고 오랜 기간 반복해서 그리는 것의 매력이 충분히 느껴진다. 그녀는 모델이 된 사람에게 그림을 그리고 있는 동안은 물론이고 완성된 그림조차 보여주는 일이 드물었다고 한다. 바라보는 사람의 시선을 의식하는 순간 그 본래의 모습을 잃는다고 판단했던 것일까? 화가는 자기 모델들에 대해, 이를테면 나이와 직업, 그가 해준 가족 얘기, 포즈를 취할 당시의 에피소드 같은 것들을 자기 친구와 가족들에게 쓴 편지에서 자세히 소개해놓았기 때문에 우리는 이제 인물화와 더불어 그들의 신상과 뒷이야기를 함께 감상할 수 있다.

1862년에 태어나 열한 살에 핀란드미술협회 드로잉스쿨에서 그림 공부를 시작한 그녀는 작품 수가 천여 점에 이를 정도로 왕성한 창작욕을 보였다. 집안 형편이 좋지 못했지만, 그녀의 재능을 알아본 교장이 입학금을 면제해주었다 하고, 아버지의 죽음으로 최악의 경제 상황으로 내몰렸지만, 졸업 이후에는 교장의 배려로 사립 아카데미에서 학업을 이어 나갔다고 한다. 1879년 〈빌헬름 폰 슈베린의 죽음〉이라는 작품으로 핀란드미술협회상을 받았을 때 그녀는 불과 열일곱 살의 어린 소녀였다. 이를 계기로 당시 양적으로나 질적으로나 열세였던 여성 화가로서, 특히 남성 화가들의 텃세가 심했던 역사화 부문에서도 그녀가 경쟁력을 지녔음을 온 천하에 알리게 된다. 이듬해 러시아 황실 원로원의 후원으로 프랑스 유학길에 올라 파리와 브르타뉴 지방에서 다양한 사람들과 만나고 새로운 회화 기법들을 익히며 자신만의 페인팅 스타일을 구축해간다.

'메뚜기Grasshopper'라는 별명이 붙은 1882년 작 〈무용신〉은 헬레네의 조카 에스더 루판더를 모델로 한 것이다. 아홉 살의 꼬마지만 길고 우아한 다리를 가진 조카에 대한 작가의 무한한 애정이 디테일을 잘 살린 인테리어와 함께 현실적으로 표현되어 있다. 그런가 하면 무려 56년 뒤에 시도된 이 작품의 석

〈무용신(Dance Shoes)〉, 1882

〈회복기(The Convalescent)〉, 1888

판화 버전은 어떠한가. 〈비단신〉이라는 제목의 이 작품엔 모든 군더더기가 생략되고 매우 단순화된 본질만이 크게 강조되어있다. 게다가 그녀가 석판화 기법 자체를 새로 익히기 시작한 것이 일흔다섯 살이 되던 해였다고 하니 그 열정에는 참으로 혀를 내두를 만하다. 〈성막聖幕〉이라는 작품은 유대인 가족을 묘사한 것인데 여기에 등장한 남자는 자신의 아버지다. 구두 수선공이었던 아버지를 향한 그리움이 진하게 묻어난다.

매해 핀란드미술협회에서 주관하는 전시회에 그림을 걸어 소장자를 찾고, 책에 들어갈 삽화를 끊임없이 그리는 방식으로 재원을 확보하던 그녀는 미술협회 한 후원자의 지원으로 영국 여행의 기회를 얻는다. 그때 탄생한 작품 〈회복기〉는 1889년에 열린 파리박람회에서 동메달을 수상한다. 이후 1890년대에는 자신이 처음 붓을 잡은 핀란드미술협회 드로잉스쿨에서 학생들을 가르치는 일에도 정기적으로 자신의 시간을 할애한다. 1897~1902년 작 〈문가의 소녀〉를 기점으로 헬레네는 전통적인 사실주의 기법을 벗어나 더욱 간결하고 단순하게 표현하는 데 몰입한다. 모델이 된 에바 틸렌은 당시 열 살의 소녀였는데 긴장해서인지 생각에 골몰했는지 눈 한 번 깜빡이질 않았다고 한다. 그 때문에 힘을 준 눈에 눈물이 가득 찰 정도였는데 화가는 그만 어린 소녀가 울고 있는 줄 알았다는 것이다. 전시의 감동은 이 그림 옆에 걸린 여든여덟 살이 된 에바 틸렌의 사진을 목격하는 순간 절정에 달한다. 사진 속에서 그녀는 전시된 자신의 그림을 바라보고 있다. 그림 속의 자세와 정확히 일치한다.

이후 그녀는 어머니 올가와 함께 히빈카Hyvinkää로 이주한다. 건강에 적신호가 울려 학교에 사직서를 내고 시골살이를 시작하게 된 것이다. 그녀가 본격적으로 모더니스트적인 면모를 갖추게 된 때가 바로 이 시기이다. 화가는 히빈카에 머물던 1902년부터 1925년까지 자신들에게 세를 놓은 집주인과 그 가족들, 다양한 주변인들을 모델로 인물화를 많이 남겼다.

1913년, 그녀는 인생 최대의 파트너를 만난다. 출판 편집인이자 아트 딜러였던 괴스타 스텐만Gösta Stenman이 히빈카의 쉐르벡을 찾은 것이다. 헬레네의 모던한 스타일에 매료된 그는 이때부터 작가가 죽음에 이르기까지 그녀의 아트 딜러로 일하게 된다. 1910년대와 1920년대에 헬싱키에 아트 살롱을 가지고 있던 괴스타는, 1930년 봄 스톡홀름으로 이주하여 1934년에는 그곳에도 아트 살롱을 열었고 1937년에는 왕립미술관 큐레이터에 임명되기에 이른다. 영향력 있는 딜러가 그녀의 재능을 알아봄으로써 노르딕 화단이 그녀를 주목하게 된 것은 당연했다. 1917년 헬싱키에서 첫 개인전을 성공적으로 이끈 이후, 그녀는 1937년에 스톡홀름에서도 개인전을 열어 평단의 호평과 함께 대중적인 반응 또한 얻어냈다.

앞서 핀란드에 대한 첫인상으로 지목한 아키 카우리스마키의 영화 〈레닌그라드 카우보이〉의 첫 장면은 "사람의 발길이 닿지 않는 툰드라의 어느 곳"이라는 자막과 함께 시작된다. 오로지 제멋에 취해 음악을 하던 밴드는 누구 하나 죽어 나가도 눈 하나 꿈쩍하지 않는 무서운 땅 미국에서도 용케 살아남는다. 그들의 생존 방식은 가는 곳마다 청중들의 요구대로 전혀 새로운 장르인 로큰롤이나 컨트리 음악을 배우고 익혀 즐기는 단계로 나아가는 것이었다. 핀란드 시골에서부터 엄청난 팬심으로 이역만리를 따라온 동네 바보 이고르의 지극 정성까지 더해져 이 밴드는 결국 멕시코라는 예기치 못한 장소에서 대중의 사랑을 받기에 이른다. 그런데 마지막 장면인 멕시코 전통 결혼식 피로연에서 그들이 연주하는 멕시코의 전통 음악은 어쩐지 첫 장면인 핀란드 툰드라지대에서 연주하던 본래 자신들의 음악과 매우 흡사하다. 북구의 창백한 안색이 중미의 햇살을 받아 구릿빛 피부로 변해야 성공할 수 있다고 극중 매니저는 말했었다. 나름의 성공을 거둔 순간 돌아보니, 크고 작은 변화 속에서도 정처 없이 떠도는 이들의 보헤미안적 정서만은 변함이 없었다. 전나무 가지 같은 삐쭉머리와 빗자루를 타고 다니는 마녀의 것과 같은 뾰족구두도 버리지 않았고, 음울한 정서 가운데 헤벌쭉거리는 원시적인 웃음도 여전하다. 헬레네 쉐르벡의 인물화에서도 저러한 북구적 우울이 담긴 표정과 원대한 자연 체험에서 오는 간명한 생활 태도를 발견하게 된다.

계속 이어지는 전시는 타미사리Tammisaari 시기1925~1941를 조명한다. 인물화에 집중했던 이전 시기에 비해 정물과 풍경의 비중이 상당히 높아진 시기다. 다양한 언어로 된 예술 관련 출판물들을 접하며 핀란드 바깥 세계의 동향들도 살피던 그녀가 특히 관심을 기울인 화가는 엘 그레코였다. 그녀의 손을 거쳐 남유럽의 회화는 북유럽적 요소를 입고 다시 태어난다. 엘 그레코의 강한 색감, 드라마틱하게 연출된 종교적 모티브와 초상화의 세계에 자신만의 해석을 더해 〈성모 마리아, 엘 그레코를 기리며〉 같은 작품을 남겼는데, 이 작품은 이번 아테네움 기획전에서도 중요한 위치를 차지하고 있었다. 쉐르벡이 집중한 것은 성모 마리아다. 그녀는 엘 그레코의 그림 〈오르가즈 백작의 장례식〉과는 다른 부드러운 흑백 컬러로 자신만의 마리아를 창조해냈다. 이 시기의 작품 중 유독 관람객들에게 인기를 얻은 작품은 〈우아한 숙녀〉였는데 모델은 조카인 도라 에스트란더다. 아름답고 영리했지만, 병든 어머니를 돌보느라 학업은커녕 결혼조차 꿈꾸지 못하는 처지의 그녀와 헬레네가 나눈 교감은 특별한 것이었다고 한다. 녹색이 감도는 회색 톤의 배경과 일본 목각인형같이 비스듬히 치켜 올라간 눈매, 긴 목이 매력적인 인물화다. 슬픔에 빠져 있지만 강인한 생명력으로 삶을 수놓는 여인들의 모습이 그녀의 그림 속에서 빛난다.

전시의 대미를 장식한 것은 사십여 점에 이르는 작가의 자화상인데, 이 분야야말로 쉐르벡을 독보적인 존재로 만들어 놓는다. 보통 화가들이 자화상을 몇 점씩 그린다고는 하지만 그녀의 자화상 숫자는 상상을 초월한다. 단순화되어 일그러져 가는 얼굴을 바라보는 것은 고통스럽다. '핀란드의 뭉크'라는 별명을 가진 이유도 짐작된다. 그녀는 자기 얼굴을 최후의 제물로 삼았다.

이후 쉐르벡은 로비사Loviisa 양로원을 거쳐 루온톨라Luontola

〈성모 마리아 엘 그레코를 기리며(Virgin Mary, after El Greco)〉, 1942

〈검은 배경의 자화상(Self-Portrait with Black)〉, 1915

〈붉은 점이 있는 자화상(Self-Portrait with Red Spot)〉, 1944

휴양소에서 노년의 여러 해를 보냈다. 마지막 2년인 1944년부터 1946년까지는 스톡홀름 근교의 스파 호텔에서 지내면서 평생에 걸친 자화상의 절반을 완성해냈다. 단순화에 바쳐진 작가의 일생은 마지막 자화상에 이르러 하나의 상형문자로 승화했다고 평론가들은 전하고 있다. 1946년 1월 23일 쉐르벡은 스톡홀름에서 생을 마쳤다. 그녀의 시신은 1월의 마지막 날 화장되었고 유골함은 가족, 친지와 미술협회 관계자들이 마련한 장례식을 거쳐 2월의 어느 날 헬싱키에 도착, 가족 묘지에 안치되었다. 늙고 병들어 쪼그라든 그녀의 얼굴은 눈동자 같은 것을 표현할 겨를도 없이 움푹 팬 공간으로 눈의 위치만을 겨우 확인시켜줄 뿐이다. 그래도 콧날만은 여전히 중심에 우뚝 서 일말의 자존감을 끝까지 지켜내고 있다. 운명하기 1년 전의 자화상에서 놀란 듯이 크게 벌어져 있던 입 모양이 운명의 그해 마지막 자화상에서는 어떤 다짐처럼 꾹 다문 채 멈춰 서 있다. 죽음 앞에 선 인간의 무력감이 공포까지도 그대로 수용한 채 꼼꼼히 기록되고 있다. 눈 녹듯 희미하게 뭉개져 버리는 얼굴을 똑바로 바라보라고 그녀는 잔인한 외침을 쉬지 않는다. 섬뜩하게 슬프고도 처연하게 아름다운 한 사람을 발견하게 된다.

헬레네 쉐르벡의 그림들은 지금 머물러 있는 곳에 있는 나와 이웃들의 '지금의 삶'에 집중하라는 강력한 메시지처럼 들린다. 핀란드문학의 아버지라고 불리는 사카리아스 토펠리우스는 "슬픔에서 노래가 탄생하지만 그 노래에서 기쁨이 길러진다"고 말했다. 그 어떤 것으로도 위로받을 수 없던 마음의 고통이, 삶

〈마지막 자화상(The Last Self-Portrait)〉, 1945

의 기본 요소일 뿐만 아니라 존재의 명백한 증거가 될 그 고통
이 기록을 통해 비로소 새로운 출구를 얻는다는 것은 유한한 삶
을 사는 우리에게 한 위로가 된다.

알바 알토의 공간

상트페테르부르크에서는 헬싱키가 멀지 않다. 물론 그 어느 때라도 핀란드를 방문하면서 알바 알토의 흔적을 마주치지 않는 것은 거의 불가능하다. 그는 디자인 강국 핀란드의 오늘이 있게 한 핀란드 모더니즘 건축과 디자인의 아버지다. 핀란드의 자연은 알바 알토의 정신을 지탱하는 거대한 축이다. 아테네움에서 헬레네 쉐르벡을 만나고 포르보의 돌길에서 알베르트 에델펠트의 장면들을 마주칠 때 기쁨에 차오르다가도 아카데미아서점과 핀란디아홀, 국민연금협회, 알토대학, 아르텍Artek 전시장 등에서 훅 치고 올라오는 알토의 생의 감각은 훨씬 자주, 매번 생생하다. 알토대학은 그의 모교인 헬싱키공과대학과 헬싱키경제대학, 헬싱키미술디자인대학을 통합해 2010년 출범한 학교로 세 캠퍼스에 분산되어있던 대학은 2020년까지 본래 헬싱키공과대학이 있던 오타니에미 캠퍼스로 모두 이전했다. 알토는 공모를 통해 오타니에미 캠퍼스에 있는 다수의 건물을 디자인했다. 아르텍은 1935년 알바 알토, 아이노 알토, 마이레 굴릭센, 닐스 구스타프 할 등 네 명의 젊은 이상주의자들이 설립한 핀란드 디자인 브랜드로 1920년대 두드러졌던 모더니즘 운동의 영향으로 Art와 Technology를 합성하여 만든 이름이다. 알토의 디자인 정신이 소비재로 구현되어 현재까지 이르고 있다. 이번에는 알바 알토의 사적인 공간들을 살펴본다는 목표 하나만을 위해 길을 나섰다. 겨울엔 일주일에 단 한 번, 가이드의 안내를 통해서만 돌아볼 수 있다는 그의 옛 작업실Studio Aalto과 주택Villa Aalto의 개방일에 맞췄다.

시내 중심가로부터 북서쪽으로 약간 떨어진 한적한 주거지역 어느 골목에 차를 댔다. 알바 알토가 작업했던 스튜디오 공간과 그가 살았던 집은 걸어서 10여 분 정도 거리에 떨어져 있고, 두 장소를 묶어서 둘러볼 수 있는 입장권이 판매되고 있다고 하는데 두 시간쯤 기다려야 매표소가 문을 여는, 그런 이른 시간이었다. 연초인 데다 주말 아침이고 인적이 드물었기 때문에 유독 한 방향으로 발걸음을 재촉하는 동네 주민들의 움직임에 눈길이 갔는데, 아이 손을 잡은 젊은 아빠들과 가벼운 천가방 하나를 손에 쥔 노인들이 주를 이뤘다. 호기심이 이끄는 대로 그들을 따라가 보니 종착역은 동네 도서관이었다. 크기도 꾸밈도 아담하고 군더더기 없는 이 동네에 꼭 어울리는 모양새였다. 어르신들은 정기간행물 코너에, 아이들은 그림책 코너에 모여 있었고, 그들을 데리고 온 부모들은 어디라 할 것 없이 서가 이곳저곳으로 흩어져 있었다. 동네 도서관에 러시아어, 스페인어, 프랑스어 등 외국어 서적도 상당수 비치되

어 있어 놀랐는데 아마도 주민들의 요구에 따른 듯했다. 친절한 사서는 이 같은 시립 도서관이 헬싱키 전체에 60여 곳 정도 운영되고 있다고 알려주었다. 인도에 수북한 눈을 밟고 주말 이른 아침 첫 외출을 감행하게 하는 대상이 동네 도서관이라는 사실이 부러움을 자아낸다. 아르텍사의 곡선이 아름다운 암체어와 마리메꼬사의 장난기 어린 꽃무늬가 새겨진 물병이 놓인 공동의 서재를 나서니 맞은편에 큰 유리창이 달린 모던한 건물 하나가 눈에 들어온다. 동사무소 같기도 하고, 아담한 문화센터 같기도 한 이 건물은 이들 종교 생활의 장인 루터교회다. 멀찌감치 떨어져서 바라보아야 겨우 눈에 들어오는 가느다란 철제의 십자가 하나가 더할 수 없는 겸손함으로 삶 가운데 들어와 있다.

천천히 동네를 두루 걸으며 어느새 알토의 스튜디오에 닿으니 일본인 청년 둘, 영국인 커플, 스웨덴인 커플이 벌써 매표소 앞에서 대기 중이다. 알바 알토는 한 세기가 막 시작되기 직전이던 1898년에 태어나 아직 우리에게 그리 먼 일은 아닌 1976년에 세상을 떠난 핀란드의 건축가이자 디자이너다. 근대를 살았고, 20세기를 목전에 둔 시점에서 여전히 스웨덴 혹은 러시아의 후미진 통치 구역 중 하나로서 주변국들에 인식되던 핀란드의 산업화를, 더할 수 없는 기능적 아름다움으로 다듬어낸 인물이다. 대학 건축과를 졸업하고 유럽 전역을 여행하면서 자신만의 디자인 세계를 모색했고 1923년 건축 사무소를 열었다. 동료였던 아이노 마르시오^{Aino Marsio}와 결혼했는데 그녀

는 1949년 사망할 때까지 그에게 최고의 동료이자 가장 중요한 조력자였다. 알토는 1927년 이 빌라를 먼저 지었고 인근의 스튜디오가 완성될 때까지 작은 사무 공간을 주거 공간에 더해 생활했다.

흐르고 성장하고, 변형되며 소멸해가는 자연의 속성과 그 세밀한 과정을 인간의 생활 공간 안에서 자연스럽게 재현하도록 하되, 기능에 충실한 아름다움으로 충만하도록 디자인하는 것이 그의 목표였던 것으로 보인다. 스튜디오 투어는 직원들의 식사 공간에서 시작되었다. 알토는 입구에서 가장 오른쪽 구석 테이블, 창을 바라보는 자리에 늘 앉았다 했다. 저 유명한 〈스툴 60〉에 등받이를 덧댄 형태의 의자인 〈체어 66〉이 그 공간을 가득 채웠다. 좁은 공간을 합리적으로 활용한 면모는 과연 일본인들이 이 나라의 디자인에 열광하는 이유를 설명해 주는 면이 있다. 다양한 층고의 배치가 입체적인 공간감을 느낄 수 있게 했고, 거실 같은 가구 전시 공간에서는 창문의 위치와 크기가 돋보였다. 창문은 혹독한 겨울 추위가 있는 핀란드에서는 보기 드물게 크기가 큰데, 단열을 고려해 한 개의 통창을 내지 않고 다양한 높이에 다양한 크기로 창문 여럿을 두어 태양 빛의 각도를 최대로 즐기며 때에 따라 필요한 통풍량을 조절하도록 했다. 위층 설계 사무실 공간에 전시된 패널은 파이미오 사나토리움, 뉴욕 박람회 핀란드관 등 그에게 세계적인 명성을 가져다준 계기가 된 프로젝트들에 이어 지금은 러시아 땅이 되어버린 옛 수오미Suomi 도시 비보르크의 도서관 재건을 보여주고 있었다. 이들이 민족적 기원으로 두는 카렐리야 지역의 2/3가량에 해당하는 땅이 제2차 세계대전 이후 소련의 영토가 되면서 핀란드 제2의 도시이자 카렐리야의 중심지였던 비보르크도, 알토가 설계한 비보르크 도서관도 핀란드인들이 일상적으로 사용할 수 없는 곳이 되었다. 소련에 의해, 이후 러시아 당국에 의해 거의 방치되다시피 해 심하게 훼손된 채 흉물이 되어가던 차에, 알토의 두 번째 부인의 발의로 위원회가 생기고 세계 각지로부터 기부금을 모으다 결국 러시아 정부로부터도 일정 재원을 확보해 본래 설계도에 충실히 보수해 낸 게 불과 몇 해 전의 일이다.

그가 몰두했던 작업의 특징은 무엇보다 목재의 다양한 활용, 그리고 곡선의 발견이라 할 수 있을 것이다. 이어진 그의 주택 방문에서도 눈에 보이는 가구와 조명들마다 다양한 커브들의 연속체처럼 보였다. 자작나무 합판을 구부리는 새로운 기술로 현실화를 이룬, 소위 L-leg, Y-leg 하는 원리로 설명되는 유려한 아름다움을 지닌 쓸모 있는 자작나무 의자들과 트롤리와 선반 등 그 구부린 나무들을 한껏 활용해 만든 한층 복잡한 구조의 가구들이 있었다. 그리고 소재가 유리로 옮겨가 물결치는 호수를 연상케 하는 꽃병이 되고, 다시 철제로 옮겨가 익살스러운 표정을 지닌 조명이 되고는 하였다. 굽이치는 곡선을 통해 우리의 동선과 시선이 더욱 자연에 가깝게 다가서도록 한 그의 설계 속에서 허투루 버려지는 공간은 보이지 않았다. 장소를 마지막까지 매우 경제적으로 사용하면서도 답답해 보이지 않도록 할 것, 그러면서 무엇보다 두루 편리함을 갖추는 방식으로만 장식적 요소를 더할 것.

그의 집 입구에서 오른편으로 몇 계단 오른 높이에는 비밀의 장소처럼 커튼이 드리워진 작은 서재가 있다. 그의 성격을 살짝 드러내는 대목이 이 공간에 숨어있는데, 이 서재에서 위층 테라스로 바로 통하게 되어 있는 작은 문이 바로 그것이다. 피하고 싶은 만남이 불현듯 공격해오면 그는 어김없이 저 출구를 통해 테라스로, 결국엔 집 밖으로 달아나곤 했다고 하니, 그의 이런 성향이 디자인에서도 고요함과 단순함에 집중할 수밖에 없게 한 것이었다고 말할 수도 있을 것이다. 알바 알토라는 토털 디자이너의 그림자 위로 핀란드라는 나라가 언뜻 시원한 바람처럼 지나간다.

ВЫБОРГСКАЯ
ГОРОДСКАЯ
БИБЛИОТЕКА

VIIPURIN
KAUPUN
KIRJASTO

비푸리도서관

　연초에 헬싱키의 알바 알토[1898~1976] 스튜디오와 집을 다녀오고서, 그가 남겨놓았다는 도서관 건물을 둘러보기 위해 악천후를 뚫고 서둘러 비보르크[Vyborg]로 향했다. 처음부터 날씨가 좋지 않았던 것은 아니고 해가 살짝살짝 얼굴을 내밀고는 했는데 오후가 되면서 아주 전형적인 러시아의 2월 하늘색이 되었다. 묵직한 콘크리트의 질감과 함께. 목적지가 공원이 아니고 도서관인 것이 다행스러울 뿐이다. 투르쿠 인근에 있다는 파이미오 요양소와 함께 공모전을 통해 알바 알토가 제안하고 채택되고 지어낸, 공공 건축의 우수 사례로 꼽히는 곳이 바로 이 비푸리도서관[1933]이다. 두 군데 모두 직접 가보고 주변 환경과의 어울림을 느껴보고 싶었지만 상트페테르부르크에서 투르쿠까지의 거리도 만만치 않았고, 단지 견학을 위해 병원과 요양소를 둘러본다는 것도 마음에 걸렸기 때문에 자연스레 매일의 생활과도 관계있는 도서관으로 향하게 되었다.

　핀란드인 알토가 이 도서관에 관여했을 때 물론 이 도시는 핀란드 카렐리아 지방의 중심 도시 비푸리[Viipuri]였다. 13세기

말 스웨덴인들이 성채를 구축한 이래 이곳은 스웨덴이 러시아를 경계하는 요새로 삼았으나, 18세기 초 표트르 대제가 점령하면서 러시아 영토가 되었다. 러시아에 혁명의 불길이 치솟은 이후 1918~1940년 기간에는 드디어 스웨덴도 러시아도 아닌 핀란드인의 손에 들어왔으나, 1939~1940년 소련과의 전쟁으로 핀란드는 이 도시를 다시 상실했다. 비보르크에서 상트페테르부르크는 오히려 멀다. 핀란드 국경과의 거리가 겨우 30km 남짓이다. 비보르크는 제2차 세계대전 당시 입은 피해가 상당하다. 올드타운에 폐허 투어가 있을 정도로 그 흔적이 지금까지 생생하다. 사이마 운하의 종착점인 이곳은 그 시작점인 핀란드의 라펜란타의 여유 있고 한가로운 분위기와는 사뭇 대조적이다. 전쟁 전에는 비보르크도 라펜란타 못지않은 휴양지였다.

도서관은 이 도시의 중심이 되는 광장이 숲이라 해도 좋을 공원으로 연결되는 끝 지점에 있다. 우선 아주 널찍한 뜰이 인상적이다. 아이들이 언덕의 경사면을 따라 형성된 얼음판에서 썰매를 타고 있다. 도서관에 용무가 있는 경우든 그렇지 않은 경우든 겨울철에는 늘 북적일 듯하다. 도서관의 외관은 무척 단순하게 생겼다. 긴 육면체다. 목재의 광범위한 사용, 곡선의 최대 활용이 곳곳에서 눈에 들어온다. 어디에서도 그늘 없이 책을 읽을 수 있게 하늘에는 구멍을 뚫었다. 덕분에 어디나 밝고, 책을 읽던 사람은 원하면 늘 하늘을 올려다볼 수 있다.

이 도서관의 복구 작업은 눈물겨운 데가 있다. 핀란드 편

에서 보면 실로 잃어버린 세월이었을 소비에트 러시아 시기, 전쟁으로 파괴되고 세월의 흐름으로 노후한 이 건물은 비록 내내 지역 도서관으로 사용되고는 있었어도 본래의 기능적 아름다움이 퇴색한 지 오래였고, 소련이 무너지고 도시 재정은 파탄 난 상태여서 안팎으로 흉물스럽게 변해가고 있었다. 만만치 않은 비용과 시간이 드는 복구 안을 발의하고 꾸준히 세계 각지로부터 자금을 모아간 인물은 알토의 두 번째 아내이자 그 자신 건축가이기도 한 엘리사 마키니에미였다.

오랫동안 잊히지 않는 몇 장면. 첫째, 입구로 들어가 겉옷을 맡기고 나면 오른쪽 끝으로 이어지는 강의실 풍경이다. 소리의 공명을 최대한 이용하도록 하기 위한 고안이라는 물결치는 자작나무 패널 천장, 그 끝점에서 천장과 벽이 만나 이루는 비둘기 모양의 비상구, 비푸리도서관을 위해 만들었다가 아르텍의 대표 얼굴이 된 60번 스툴이 일사불란하게 정렬된 모습이다. 둘째, 흩어졌다 모이기를 반복하는 시선의 리듬감을 고려한 설계다. 1층 열람실에서 2층 서가로 가는 방법은 두 가지가 있는데 하나는 좁은 곡선 통로를 통과해 넓은 직선 통로에 이르는 것이고, 다른 하나는 그와 완전히 반대로 직선과 직각의 조금은 권위적인 방식의 방에 접근해 비밀스럽고 유머러스한 달팽이 모양 곡선의 공간에 이르는 것이다. 대출 담당 직원 앞으로는 고깔 모양의 갈대 바구니가 놓여있다. 비닐도 가방도 흔치 않고 책은 귀하기만 했던 시절, 사람들은 갱지나 신문지 같은 종이로 책을 둘둘 말아서 집과 도서관을 오갔다는데 그 종이를 이 바구니에 모아두고 다음 사람이 계속해서 사용하도록 했단다. 향수를 머금고 복원된 물건이다. 나머지 하나는 독립성과 통일감을 두루 갖추며 균형을 이룬 구조적 아름다움과 관계가 있다. 어린이실과 정기간행물실은 중앙 현관으로부터 내부 복도를 통해 연결되어 있기는 하지만, 각각 외부로 통하는 입구를 따로 두고 있다. 어린이실은 분수대가 있는 작은 공원 쪽으로, 이용객의 대다수가 시니어 시티즌인 정기간행물실은 버스 정류장이 보이는 도로 쪽으로 문을 냈다.

이제 복구를 마친 알바알토도서관은 비보르크라는 사연 많은 도시의 새로운 얼굴이 되었다. 도시 인구의 40퍼센트 정도가 도서관 이용자로 등록되어 있다고 한다. 외면할 수 없는 도서관을 만드는 일은 이렇게 계속되고 있었다.

4장

오늘만큼은
공중 도약을

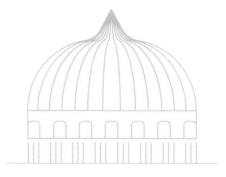

쿠스코의 지진을 멈춘 검은 예수

로맹 가리는 이렇게 말한다.

새들은 진짜 비상을 위해 이곳으로 와서 자신들의 몸뚱이를 던져버리는 것일까. (…중략…) 스페인 내전에서, 프랑스의 레지스탕스에서, 쿠바에서 전투를 치른 다음, 모든 것이 종말을 고하는 안데스산맥 발치의 페루 해변으로 몸을 피한다. 『새들은 페루에 가서 죽다』, 12쪽

물론 나는 리마에도 가지 않았고, 서쪽 해안으로도 가지 않았다. 보고타를 떠나 쿠스코로 갔다. 그러나 문득 머릿속이 텅 빈 것 같은 기분이 들었고 (어쩌면 고산증세 때문일지도 모른다. 쿠스코는 해발 고도 3,400m 지대에 있다. 보통 고산증세는 3,000m 이상이 될 때 나타난다) "모든 것이 종말을 고하는" 안데스산맥 어느 지점에 내려진 것은 맞다. 공항에서 시내 숙소로 데려다주는 택시 기사에게 물었다. 쿠스코가 얼마나 큰지. 그러자 기사는 웃으며 말했다. 리마, 아레키파, 치클라요, 트루히요, 아마도 그

다음? 그 도시들은 태평양 연안에 있거나 티티카카호에 근접해 있거나 둘 중 하나다. (알려진 바가 미미하다는 측면에서) 신비로운 잉카제국의 수도였던 쿠스코는 붉은 지붕의 도시, 비행기에서 내려다보기에도 몸을 낮춘 건물들이 끝도 없이 펼쳐진 제법 큰 도시라는 것을 알겠다. 잉카 신화에 따르면 태양신 인티는 아들 망코 카팍과 딸 마마 오클로에게 금 지팡이를 주어 티티카카호수에 내려보냈다. 태양신의 지시에 따라 금 지팡이가 꽂히는 곳을 중심으로 나라를 세우게 되었고 그 도읍이 세계의 배꼽이라는 지금의 쿠스코, 그 나라가 우리가 알고 있는 잉카제국이다.

기원전부터 인디오 부족이 문명을 이뤘고 야마, 알파카를 기르기 시작한 때를 BC 7000년경, 옥수수, 퀴노아, 리마 빈, 면화 등을 경작하기 시작한 때를 BC 2900년경으로 보고 있다. 신분제가 등장하고 수십 개의 지방국이 존재하던 15세기에 드디어 잉카제국이 등장해 주변 민족을 정복했다. 태양신을 섬겼고, 군주는 태양의 아들로 여겨졌다. 최대 번성기 잉카제국의 영토는 오늘날의 페루, 에콰도르, 칠레, 아르헨티나에 이르렀다. 농업기술과 건축술이 특히 뛰어났다. 1532년 에스파냐의 F. 피사로에게 정복된 후 300년 동안 에스파냐의 지배를 받았고 1824년 독립했다. 현재 페루의 인구 구성은 인디오가 45%, 인디오와 백인의 혼혈 인종인 메스티소가 37%, 백인이 15%를 차지한다.

숙소가 아르마스 광장에 면해 있었다. 석조 기초에 스페인식 장식 목재가 얹어진 독특한 식민 시대의 흔적으로 가득한 건물들이 빼곡하다. 잉카 성벽 기초를 짓누르고 스페인식 건물을 얹은 경우 또한 흔하다. 이렇듯 쿠스코 아르마스 광장 주변에는 잉카제국의 영광을 완전히 덮어버린 스페인의 자취가 곳곳에 남아있다. 태양신을 섬기고 제사하던 신전마다 가톨릭 성당이 어김없이 자리 잡았다. 광장의 카테드랄(대성당) 앞 분수대를 지키고 있는 인물은 잉카 9대 군주 파차쿠텍이다. 대부분의 센트럴 안데스 지역이 그의 통치 시기에 잉카제국으로 복속되었다. 당연하게도 태양신과 파차마마(대지 어머니─이는 본래 잉카제국의 개념은 아니었다. 잉카 이전 안데스 지역 민간에 신앙되던 자연신의 보다 근본적인 개념이었다가 잉카제국의 신앙으로 흡수되었다)를 언급하는 것은 스페인 지배 세력에 대한 도전으로 받아들여져 오랫동안 억압되었다가 20세기 들어 원주민 전통을 되살려 조화와 공생의 삶을 살자는 목소리가 높아졌다.

잉카인들은 문자와 철을 소유하지 못했다. (매듭 문자에 대해 이야기하는 현지인들이 많지만 아직은 추측의 단계에 머무르고 있다.) 대신 청동기, 석조 건축 기술, 직물 직조 기술의 수준이 높았는데, 말을 타고 무기를 든 스페인 군대를 맞이한 잉카인들의 손에는 라마, 알파카, 비쿠냐, 감자, 옥수수, 코카 등이 있었을 뿐이라는 데 오늘날 우리가 느끼는 비애의 뿌리가 있다. 고산지대의 척박한 토양, 기후 조건과 싸워 일정 수준의 식량을 얻는 것이 최대의 목표였던 잉카인들에게 황금 채굴권과 값싼 노동력, 새로운 상품 시장으로서의 남미에 눈이 돌아간 구대륙 정복자들의 폭력성은 상상 불가한 것이었을 듯하다.

볼리비아 여행 전 사흘, 그리고 볼리비아에서 다시 돌아와 나흘을 더 쿠스코에 머물렀으니 아침, 저녁으로 골목 구석구석을 누빌 기회가 많았다. 물론 첫날은 고산증세로 호흡이 가빠 숙소에서 누워 휴식을 취해야 하는 시간이 많았고 이튿날에도 요양원의 회복기 환자처럼 느릿느릿 겨우 걸을 수 있을 뿐이었지만 오히려 그 점 때문에 쿠스코는 서구 도시 문명지와는 다른 느낌으로 산책할 수 있는 곳이 되었다. 대신 고산증 증세를 완화한다는 코카차를 수시로 마셨다. 소위 12각돌 옆을 매일 지나다녔다. 12각돌은 잉카 성벽을 쌓아 올린 돌 중에 가장 많은 각을 지닌 돌로 유명세를 탔는데 돌벽의 내부는 서로 맞물리는 홈을 파서 단단히 연결하고 돌벽의 외부 또한 벌레 한 마리 지나다닐 수 없을 만큼 빈틈없게 정확히 다듬은 잉카인들의 돌을 다루는 기술을 엿보게 한다. 쿠스코 종교예술박물관과 잉카박물관 등도 우선 둘러보았다. 마추픽추를 둘러보기 전 잉카문명을 이해하기 위한 기본적인 지식이 갖추어졌다.

대성당에 여러 번 들어갔는데 가장 압도적인 장면은 검은 예수상과 쿠스코식 성화 최후의 만찬이었다. 이곳에서 예수는 토착민의 용모와 같은 검은 피부를 가지고 있다. '지진의 주님'으로 통한다. 1650년 3월 31일 쿠스코에 대지진이 있었다. 파괴가 계속되고 공포에 떨던 주민들은 그간 신통력을 발휘한다고 믿어온 치료의 성모상 등을 높이 들었지만 아무 소용이 없었다. 십자가 위의 검은 예수상을 대성당 문 앞에 걸자 비로소

땅의 울림이 멈추었다. 그때부터 쿠스코 가톨릭 신앙의 상징은 이 '지진의 주님'이 되었고 그날의 기적을 기리는 '성 월요일'은 쿠스코의 가장 중요한 축제일 중 하나가 되었다. 쿠스코식 최후의 만찬은 쿠스케냐 에스쿠엘라^{쿠스코 화파}와 관련이 있다. 쿠스코 화파는 17~18세기 이 지역 성화 작업의 특징을 보여주는데, 스페인적 요소가 현지 토속적인 디테일과 맞물린 혼합주의적 성격을 띤다. 금박 스텐실로 화려한 분위기를 연출한다거나 잉카 왕족의 옷을 입은 성모와 아기 예수를 표현하기도 한다. 위의 최후의 만찬에는 쿠스코인들의 전통 음식인 꾸이^{기니피그 구이}와 치차^{옥수수로 빚은 막걸리 비슷한 술}가 식탁 한가운데 놓여있다. 잉카 성벽을 걸으며 느끼는 비애는 쿠스코인들의 이러한 유머 감각^(정작 이들에겐 유머 감각으로 느껴지지 않을 테지만)으로 상쇄된 면이 없지 않다. 낯선 것에 대한 창조적 해석을 일상적 경험에 기대는 것인데 그 방식이 과감하고 대담하다. 그들은 다가온 것들에 어떻게든 '개입'했고 그 충돌이 숨겨진 많은 이야기로 가는 열쇠를 제공한다.

　　페루에서는 흔히들 수도인 리마가 미식가들의 천국이라고 하는데 나로서는 쿠스코식 음식의 매력에 푹 빠져들었다고 쉽게 말할 수 있다. 우선 세비체. 잉카사람들도 먹었던 음식이라는데, 원조 세비체는 흰 살 생선을 레몬즙에 절여 갖가지 채소와 함께 먹는 것이지만, 쿠스코는 내륙에 위치한 관계로 민물 붉은 살 생선인 트루차^{송어}를 주로 세비체로 먹는다. 다음은 로모 살타도. 쇠고기를 잘게 썰어 양파, 토마토 등 채소와 함께 볶은 요리다. 중국 이민자들의 영향으로 간장이 가미되고 더불어 큐민, 실란트로 등 향신료가 첨가된다. 익숙한 고기채소볶음 맛에 한국인이라면 호불호가 갈리기 힘들다. 주로 찐 쌀과 함께 먹는다. 또, 카우사 레예나. 삶아 으깬 감자를 생선 살이나 닭고기, 아보카도 등의 채소와 번갈아 가며 겹겹이 쌓아 차갑게 먹는 음식이다. (잉카제국에서 가장 중요한 작물이 감자였다. 지금도 페루에는 감자의 품종만 수백 종에 이른다.) 소염통구이인 안티쿠쵸와 꾸이도 있다. 대표적인 축제의 음식들인데 숙소 주인 후앙과 가브리엘라가 적극 추천했음에도 꾸이만은 시도해보지 못했다. 기니피그를 통으로 굽는 충격적인 비주얼을 끝내 이겨내지 못했기 때문이다. 나중에 피삭Pisaq 유적지 가는 길에 들른 기니피그 농장에서 들은 바로는, 페루 사람들은 기니피그는 식재료로 키우지만 토끼는 애완동물로 키운다고. 유럽 등지에서는 오히려 토끼를 적극적으로 먹지 않느냐고, 그렇게 보면 기니피그를 먹는 잉카사람들이 그리 이상할 것도 없지 않겠느냐는 것이었다. 번식력까지 왕성하니 소나 돼지를 식용으로 사용하기 어려운 고산지대 사람들에게는 필수적인 단백질 공급원이었던 셈이다. 음료로는 피스코 사우어와 치차 모라다, 쿠스케냐 맥주를 맛보았다. 피스코 사우어는 피스코를 기본으로 라임쥬스와 설탕을 섞은 일종의 칵테일인데, 피스코는 포도로 빚는 브랜디의 일종이다. 페루는 이 피스코의 종주국 자리를 놓고 오랫동안 칠레와 싸움을 벌여왔는데 최종 승리는 페루에게 돌아갔다. 치차는 옥수수로 빚는 발효음료로 우리식 막걸리와

흡사하고 알콜 도수가 낮거나 아예 없기도 한데, 특별히 치차 모라다는 보라색 옥수수로 빚어 보랏빛이 난다. 그밖에도 엄지손톱만 한 옥수수 알갱이가 들어간 쌀 요리, 퀴노아 반죽을 입힌 닭튀김 등 쿠스코의 밥상은 빛나는 아이템들로 가득하다.

로베르토 볼라뇨의 『야만스러운 탐정들』은 현대 라틴아메리카를 이해하는 데 익살스러운 지도가 되고 매력적인 백과사전이 된다. 볼라뇨는 어리석고 무모하고 순수하고 거침없고 나약한, 하지만 무엇보다도 매력적인 70년대 라틴아메리카 시인 두 사람의 모험담을 통해 중남미의 지성사 지도를 그려냈다. 소설에는 쿠아우테목Cuauhtemoc 같은 이름도 등장한다. 1520년 즉위한 아스테카 마지막 군주로 스페인과의 전쟁을 이끌다가 패배하여 1521년 포로가 되었다가 후에 처형된 인물이다. 아스테카는 서구에서 붙인 이름이고 멕시코 중부지역은 원래 메시카, 틀라코판, 텍스코코의 3부족 연합체였는데 쿠아우테목은 메시카의 군주였다. 이는 잉카의 마지막 군주인 아타왈파의 상황과 크게 다르지 않다. 피사로 접견 후 삼십 분 만에 허물어졌다는 쿠스코의 무력함이나, 잉카라는 이름은 서구에서 지칭한 군주의 이름이고 원래 잉카인들이 부르던 자신들의 군주는 타완틴수유네 개의 지역 혹은 네 개의 지방 연합이라는 뜻였다는 점을 떠올리게 한다. 이름 그대로 잉카제국은 네 개 지방으로 나뉘어 있었고, 각 지방의 네 모서리는 수도인 쿠스코와 접해 있었다.

잉카인들의 피리인 케나quena 혹은 시쿠siku는 물질세계와 정신세계를 잇는 바람의 소리를 낸다는데, 정복자의 정체성을 지난 서구인들은 '엘 콘도르 파사' 같은 노래를 들으며 오리엔탈리즘류의 정서에 빠져들겠지만, 스페인 지배하의 안데스인들 자신은 그 속에서 '저항'을 찾았었다. 아타왈파 유팡키나 메르세데스 소사, 빅토르 하라 같은 이들이 펼쳤던 누에바 칸시온새노래 운동이 그렇지 않은가. 그러나 볼라뇨는 길 잃은 자의 심정을 당혹스럽게도 매우 사실적으로 보여준다. 마치 그 인정으로부터만 다시 질문을 시작할 수 있다는 듯이.

이제 퓨마의 형상을 한 쿠스코를 떠나 콘도르의 형상을 닮은 마추픽추로 간다. 잉카인들은 콘도르와 퓨마, 뱀을 신성시했다. 각각 하늘과 땅, 지하 세계를 다스린다고 여겼기 때문이다. 그들은 어딘가에 뱀의 모양을 한 제3의 도시가 있을 것이라 믿는다. 신성한 계곡이 그 길로 안내할 것이다.

잉카의 오래된 봉우리

쿠스코에 내린 지 세 시간쯤 지났을 때였다. 점심을 먹고 호스텔에서 잠시 휴식을 취한 후 아르마스 광장을 비롯해 주변 골목을 걸어볼 요량으로 밖으로 나왔는데 몇 발자국 떼고 주저앉고 다시 몇 발자국 떼고 주저앉기를 반복했다. 제대로 숨을 쉴 수가 없다! 아무리 깊게 숨 쉬려 노력해도 정상적인 숨쉬기가 도대체 가능하지 않은 순간의 그 공포감이란! 기어가다시피 광장을 가로질러 약국으로 들어가 깡통에 든 산소한 통을 구입했다. 500mL 산소 한 통의 가격은 미화 15달러가량. 본체에 플라스틱 깔때기를 연결하고 노즐을 누르는 순간민트향 산소가 콧속으로 가득 밀려들었다. 그렇게 죽을 것 같을 때마다 초록 맛 나는 기체를 쭉쭉 들이마셨다. 그래도 걷기를 아예 포기하지는 않았다. 좀 누웠다가는 다시 일어나 걸었는데, 아쿠아 에어로빅 하듯, 정지 화면 몇 개를 조악하게 이어붙인 것 같은 느린 자세로 오른발과 왼발을 교차시켰다. 남편과 큰아이도 비슷한 사정이었지만 우리는 모두 이튿날이 되자증상이 완화되어 소심한 리듬감을 가지고 걸어 다닐 만한 수준이 되었다. 문제는 열 살 된 작은 아이였다.

아이 가슴에 손을 대보면 심장이 제 속도와 충격을 이기지 못해 밖으로 튀어나올 듯했다. 박동이 지나치게 빨랐고 가슴 압박감도 심해 아이는 잠을 이루지 못했다. 호스텔 직원들은 잉카의 후예다웠다. 기진맥진 힘을 쓰지 못하거나 호흡 곤란으로 겁에 질린 여행객의 가슴에 그 두툼하고 검은 손을 살짝 대보고는 수시로 코카 차를 마시게 하고 급기야 커다란 산소탱크(일정 수준의 숙소들은 산소탱크를 비치하게 되어 있다. 의약품과 위생을 관리하는 당국에 보고해야 한다며 회당 30분씩 산소를 들이마실 때마다 신분증 복사본을 따로 챙겨가곤 했다)를 어디선가 쓱 꺼내 와서는 숨통을 트이게 해주었다. 흔한 일이라고, 곧 괜찮아질 거라고 낮은 목소리로 말하면서. 그렇지만 아이는 결국 응급실 신세를 졌다. 네 명 중의 한 명이 이방인 티가 나는 건 당연한 일이었다.

쿠스코에서 마추픽추로 내려가는 길에는 '신성한 계곡'이 펼쳐진다. 우루밤바 계곡을 따라 형성된 옛 잉카 유적지, 친체로, 모라이, 살리네라스, 우루밤바, 오얀타이탐보 등지가 이에 해당한다. 친체로는 잉카 신화에 따르면 무지개가 태어났다는 곳이다. 열 번째 잉카 투팍 유팡키가 도시로 건설했다고 전해지는데 피삭, 오얀타이탐보 등과 마찬가지로 지금도 잉카의 후예들이 전통 복장을 하고 전통적 생활 방식을 유지하며 살아가는 현재형 잉카 마을이다. 스페인 정복자들이 잉카의 태양 신전 위에 벽돌로 지은 가톨릭교회와 계단식 농경지, 공예

품 시장 등이 독특한 분위기를 연출한다. 탐보Tambo는 케추아어로 '쉰다'는 뜻이다. 잉카의 도로북 키토에서 중앙 칠레 지역에 이르는에는 제국의 통치자와 그의 수행원들을 위해서 매 4.5마일마다 도로를 수리하는 사람들이 있었고, 2마일마다 휴게소 혹은 탐보라 불리는 객사가 있었다고 한다. 또한, 전령 차스퀴스일종의 파발꾼가 쉴 수 있도록 5마일마다 작은 우체국이 있었다. 한 명의 차스퀴스는 하루에 약 150마일을 달린 후에 교체된다. 이때 메시지는 구두로 전했는데, 끈에 매듭을 지어 이를 확증하는 매듭문자가 사용되었으리라 추측하기도 한다(잉카에는 문자가 없었으므로 많은 것이 추정에 머물고 있다). 그러니까 오얀타이탐보는 오얀타9대 잉카 시대의 장군라는 이름의 객사에 형성된 마을인 셈이다. 멀리서도 한눈에 들어오는 이 마을의 압도적인 장면은 태양의 신전이다. 거대한 여섯 개의 핑크빛 돌은 서로 빈틈없이 짜 맞추어져 있는데, 이는 떠오르는 태양 광선이 이 돌에 부딪혀 찬란하게 빛나게 하기 위함이었다 한다. 잉카제국이 스페인 군대를 맞아 벌인 최후의 격전지로도 기록되어 있다.

보통 쿠스코에서 아침 일찍 출발해 저 신성한 계곡의 몇몇 마을을 둘러보면서 오얀타이탐보에 이르고 거기서 페루 레일이나 잉카 레일 같은 기차를 타고 마추픽추 발치의 마을 아구아스 칼리엔테스까지 가서 하룻밤 묵은 다음, 새벽같이 마추픽추로 올라가는 여정으로 잉카 유적지 둘러보기가 진행된다. 물론 여건이 허락한다면 3박 4일 동안 등짐을 짊어지고 '잉카 트레일'을 걸을 수도 있다. 잉카제국은 방대한 영토를 관리하기 위해 도로망 확충에 힘썼고 그 규모는 25,000~30,000km에 이른다. 잉카 트레일은 우루밤바 계곡의 상층부, 일명 성스러운 계곡을 마추픽추와 잇는 길로 잉카의 옛 정취가 훼손되지 않고 그대로 보존된 보행용 돌길이다. 그야말로 자기 발로 산 넘고 물 건너 마추픽추를 만나는 것이다.

내가 작은 아이와 병원에 있는 사이 남편과 큰아이는 숙소에 남아 본래 신성한 계곡으로 떠나기로 계획했던 새벽을 맞았고 결국 우리는 두 팀으로 나뉘어 신성한 계곡과 병원 응급실에서 각각 걷고 머물다가 페루 레일 객차 안에서 만나기로 합의했다. 마추픽추는 일일 입장객을 엄격히 제한하고 있어서 미리 해당 날짜의 입장권을 사두어야 하고, 아구아스 칼리엔테스로 접근하는 방법도 페루 레일과 잉카 레일 탑승권을 구입하는 것 외에는 없으므로 그 날짜가 아니면 쿠스코까지 왔다가 마추픽추도 보지 못하고 그냥 돌아가야 할 판이었다. 오후가 되어 혈중 산소포화도가 정상으로 돌아온 아이와 둘이 택시에 올라탔다. 기차 시간에 맞추려면 주변 둘러볼 짬 없이 직통으로 역까지 달려야 할 것 같았다. 사정을 얘기하니 택시기사는 우리가 안쓰러웠던지 친체로에 잠깐 들러 라마, 알파카 등을 둘러보게 해주고 전통 방식으로 직물 염색하는 방법을 알려주는 농가에 들어가 볼 수 있게 해주었다. 그리고 산을 타고 넘는 데 익숙한 그는 실제로 기차 출발시간 딱 5분 전 우리를 역에 데려다 놓았다. 물론 남편과 큰아이는 다른 여행자들과 함께 오전에 이 길의 구석구석을 둘러보고 갔을 테지만, 또

계획대로라면 우리도 함께했을 테지만, 크게 아쉬운 마음은 없었다. 다시 살아난 아이와 산들바람을 맞으며 라마 똥 냄새에 함께 웃을 수 있었으므로. 이제는 이 높은 지대에 우리의 몸이 온전히 받아들여지고 있다는 충만한 감정에 젖었으므로. 아이의 파란 입술에 이제는 선인장 벌레로부터 난다는 저 붉은 염료처럼 생기가 돌기 시작했으므로(숯가루처럼 바싹 마른 선인장 벌레를 으깨면 그윽한 붉은 색의 염료가 만들어진다. 화장품의 원료로도 쓰인다).

큰아이가 아이패드로 사진을 열심히도 찍어 왔다. 엄마에게 생생하게 전해주려고 여러 각도에서 찍어온 사진들을 보며 기차에서 이야기를 나눴다. 잉카인들의 마을, 계단식 농법을 시험하던 농업연구소, 염전, 태양신에게 제사 지내던 신전 등이 그 사진 속에 담겼다. 기차에서 간식거리로 나누어주던 팔각을 넣은 차의 맛과 함께 차창 밖으로 길게 이어지던 인적 없는 깊은 숲속 풍경이 기억에 남았다.

몇몇 장소들의 이미지만 가지고 전체 마을을 상상할 때와 대로와 골목을 하늘 위에서 그려낸 지도를 보며 그 마을을 익힐 때, 그리고 발로 걸으며 눈높이에서 비로소 마주하는 마을의 모습은 얼마나 다른가. 막연한 상상 속에서 나는 주요 볼거리 사이를 부담 없이 옮겨 다니는 한 마리 새가 된다. 그러나 지도를 보면서 정해진 길을 통과해야만 그곳에 닿을 수 있다는 물리적 한계를 인식한다. 그러다 그 길에 실제로 발을 들여놓으면 오르막길과 내리막길이 있고 차로만 갈 수 있는 길이 있고 비포장도로가 있고 보기보다 먼 길이 있는 것을 알게 된다. 아구아스 칼리엔테스는 경사가 심한 하나의 언덕, 마치 자라의 등껍질 위에 집들이 옹기종기 모여 앉은 형세다. 우리는 가장 꼭대기에 있는 호스텔에서 하룻밤을 보냈다. 바로 옆이 온천욕장이었다. 아구아스 칼리엔테스가 스페인어로 '뜨거운 물'이라는 뜻이고 보면 바로 이 온천수가 마을의 얼굴이다. 숙소 건물 1층에 있는 카페에서 주인 가족이 크리스마스 장식에 정성을 기울이고 있었다. 독일에서 작은 집 모형이 인기이듯, 아구아스 칼리엔테스에선 마추픽추 계단식 논밭에 각종 동물들을 배치한 모형이 많이 보였다. 창 곁으로 흐르는 우루밤바강의 물살이 매우 빨라 밤새 스콜이 지나가는 것 같았다. 그러나 흐르는 물소리가 단잠을 방해하지는 않았다.

다음 날 아침 여섯 시쯤 마추픽추에 입장했다. 마추픽추는 케추아어로 '오래된 봉우리'라는 뜻으로 마추픽추 유적지를 바라보고 섰을 때 뒤편에 있는 산의 이름이다. 맞은편에 있는 경사가 급하고 폭이 좁은 바위산은 와이나픽추라 한다. 젊은 봉우리다. 그러니까 우리가 말하는 마추픽추 유적지는 두 산, 마추픽추와 와이나픽추 사이의 돌집 문명지이다. 쿠스코는 탁 트인 전경을 지니고 있고 마추픽추는 높은 봉우리들 틈에 있으니 흔히들 '마추픽추로 오른다'라고 생각하기 쉽지만 쿠스코는 해발 3,400m에, 마추픽추는 2,400m에 자리잡고 있다. 고산증이 걱정이라면 쿠스코에 오래 있는 것보다는 빨리 마추픽추로 움직이는 것이 좋다는 얘기다. 스페인 정복자들이 쿠스코

를 수중에 넣었을 때 마추픽추는 발견되지 않았고 오랜 세월 어딘가에 있으리라 짐작되기만 했다. 열대 식물들로 뒤엉켜 있던 유적을 처음 발견한 서구인(왜냐하면 그 '발견'의 순간에도 그 땅의 원주민 가족이 여전히 거기서 삶을 영위하고 있었으므로)은 히람 빙엄¹⁸⁷⁵ ~ ¹⁹⁵⁶이었다. 예일대 역사학 교수였던 그는 1911년 깎아지른 절벽을 타고 넘어 이 공중 도시에 이르렀다. 마추픽추는 3m 높이의 계단 형식의 지대로 이루어져 있고, 40개의 계단 대지 면적을 총합하면 13제곱킬로미터에 달하며 200호가량의 돌집들이 남아 있다.

한 시간 가까이 안갯속을 헤매었다. 안내인을 따라 (마추픽추는 유적지 보호 차원에서 일일 입장객 수를 오전, 오후로 나누어 제한하고 있으며 열 명 안팎의 소그룹을 이루어 안내인과 함께 할 때만 입장이 가능하다) 좁은 시야를 어떻게든 극복하려 노력하며 돌계단을 조심스레 오르내렸다. 어깨에는 가만히 안개비가 내려앉았다. 현실감을 앗아가는 미세한 물방울들 틈에서 이름 모를 슬픔에 젖어 들었다. 계단식 논으로 들어가 공주들의 궁을 거치고 태양의 신전과 우물을 차례로 거쳤다. 아래로 광장이 펼쳐지고 귀족들이 머물던 곳, 평민들이 기거하던 곳들이 한눈에 들어왔다. 콘도르 사원과 신성한 바위, 세 개의 창문이 있는 사원도. 거의 넘어질 뻔하다가 리베카 솔닛의 멋진 표현을 떠올렸다. "보행의 시작은 지연된 넘어짐이고, 넘어짐은 에덴동산에서의 추방과 만난다"는. 나는 두 발로 무사히, 쓸쓸히 걷고 있다. 에스키모 사회에서는 화가 난 사람이 자기 화가 풀릴 때까지 똑바로 걸어감으로써 화를 풀고, 다른 사람들은 그가 걸어간 거리를 가늠해 그가 얼마나 화가 났는지 알 수 있었다고 한다. 나는 이 쓸쓸함이 사라질 때까지 위로 똑바로 올라가 보고 싶었다. 쓸쓸함의 높이랄까, 오래된 봉우리의 높이는 내게 그렇게 기억된다. 그러나 편평한 길을 똑바로 가는 게 아니라면 높이로 감정의 깊이를 잴 수는 없다. 아구아스 칼리엔테스에서 마추픽추 입구까지 걸어올라온다면 지그재그로 난 길을 따라 두 시간 가까이 걸리지만 직각으로 잰 높이는 300m에 불과하기 때문이다.

절벽과 높은 봉우리로 둘러싸여 공중 도시라 불리는 마추픽추는 잦은 지진에도 견고하게 맞물린 돌벽을 유지했다. 접착제 하나 쓰지 않고 오로지 돌 고유의 성질을 이용해 적절한 홈을 파고 다른 돌의 돌출된 부분을 거기에 맞물리게 한(연결 부위엔 ㄷ자 빔을 박아넣었다) 기술력에 의해서다. 우물 근처에서 벽이 무너져 내린 흔적을 보았다. 안내인은 유적 발굴 시 밀림화한 식물들을 완력으로 걷어내다 견고한 돌 층에 틈이 벌어진 것이라 했다. 이 도시의 기능은 아직 추측 수준에서 벗어나지 못하고 있다. 태양신에 제사하기 위한 제례용 특별 도시라고도 하고 별 관측을 위한 장소(인티후아타나로 불리는 천체 관측소가 있다. 해시계와 유사한 구조물이 있다)로 쓰였다고도 하며 잉카제국의 국토 확장 전쟁에 최후까지 버틴 주변 고산족들이 저항한 흔적이라고 말하는 사람도 있다. 그리고 가장 인상적인 것은 수로다. 망지기의 집에도, 태양의 신전에도, 귀족의 거주지에도, 평민의 거처에도 좁은 물길을 통해 깨끗한 물이 흐른다. 잉카인들은 16개의 깊은 홈을 파고 산 높은 곳으로부터 흘러온 물이 고이게 했고 수로를 연결해 그 물을 점점 아래로 내려보냈다. 귀족들의 거주지는 평민의 거주지에 비해 태양의 신전에 보다 가깝게, 크고 질 좋은 돌을 사용해 보다 넓게 지어졌고 출입문도 겹겹이 쌓아 한층 견고하게 만들었다.

그러나 무엇보다 압도적인 장면은 서쪽 언덕 가장 높은 곳에 위치한 제단과 뒤로 이어진 묘지다. 주로 야마를 제물로 바쳤다고는 하지만 공동체에 큰 위기가 닥쳤을 때는 인신 제사도 마다하지 않았다는 것이다. 어린 처녀들의 미라가 발견되고 있기 때문. 잉카제국의 영토였던 칠레나 에콰도르 등지에서도 미라는 계속 발견되고 있는데, 이들의 머리카락과 피부에서 다량의 코카 성분이 검출되었다 한다. 제물로 예정된 처녀의 두려움과 고통을 덜기 위한 방법이었다고 추측된다. 몸이 바쳐지고 나면 그 영혼이 콘도르의 몸으로 부활해 영원히 부족을 위해 하늘을 난다고 믿었기 때문에 저들은 이 모든 과정을 영광스럽게 받아들였다 한다. 편안한 표정으로 죽음을 맞이한 미라를 보면 이를 확신할 수 있다고. 폐활량이 남다른 우리의 안내인도 내내 코카잎을 씹으며 계단을 날아다녔다. 러시아인들이 추위와 싸우기 위해 필요한 열량을 채우려 호박씨나 해바라기씨를 계속 까먹고 다니는 모습이 떠올랐다.

묘지를 등지고 더 높은 지대로 사오십 분가량 올라 태양의 문Intipunku에 이르렀다. 잉카 트레일이 마추픽추와 만나는 지점에 있다. 예전에는 잉카 트레일이 마추픽추에 이르는 유일한 통로였으니 이 문이 마추픽추의 정문이었던 셈이다. 마추픽추 유적지도, 우루밤바강도 시야의 가장 먼 곳에 손톱만큼 작아져 있었다. 돌길에는 커피콩 같은 라마 똥이 군데군데 쌓여있었다. 쿠스코를 떠나 제일 먼저 맡은 냄새도 라마 똥 냄새였는데 그 길의 끝인 태양의 문에서도 라마 똥 냄새가 가득 채워진다. 신기하게도 주변의 풀 냄새와 크게 다르지 않았다. 여행기를 쓰는 지금, 아빌라산이 보이는 카라카스의 집 거실 창가에서 코카 차를 마신다. 쿠스코에서는 코카 차 없이는 안 될 것 같더니 카라카스에선 별다른 맛이 없다. 다시 커피를 내리러 부엌으로 달려가면서도 못내 아쉬운 마음이 든다. 라마 똥 냄새를 벌써 잊은 듯해서.

계급과 고도高度

라파스

　도시 이름이 '평화'라면 그 도시의 지난날은 평화의 반대 말이 드리운 그림자로 고단했던 날이 많았으리라 짐작해도 괜찮을까. 이름은 무엇보다 바람이고 기원이니까. 평화의 도시 라파스La Paz 공항의 이름은 엘 알토El Alto. 글자 그대로 매우 높이 있다. 해발 4,100m, 세상에서 가장 높은 공항이다. 택시를 잡아타고 센트로로 향한다. 황량한 대지 끝에 설산이 보이고 페루에서 느낄 수 없었던 한기에 몸을 부르르 떨다 보니 어느덧 극심한 교통체증 한가운데 발이 묶여있음을 알게 된다. 좁고 구불거리는 길이 여러 갈래로 나뉘어 있고 연식을 짐작하기 어려운 차들이 길 한가운데서 갑자기 멈춰버리기도 한다. 그러나 택시는 아무튼 그 가운데를 잘도 빠져나온다. 그러다 갑자기 급강하한다.

　"예술이 정치적이어서는 안 된다는 견해 자체가 정치적 견해"라고 조지 오웰은 말한다. 그와 비슷하게 여행도 다분히 정치적이라는 생각을 종종 한다. 정치적 견해를 가지지 않고 여행하기가 쉽지 않다는 얘기다. '어디로 갈까'에서부터 찾아간 그 장소에서 '무엇을 최우선으로 볼까' 하는 문제까지. '어떤 사람에게 말을 걸까' 하는 것에서부터 '어떤 방식으로 돈을 쓸 것인가' 하는 문제까지. (그러니까 '영화 보기'도 정치적이고 '골프 치기'나 '요가 하기'도 정치적이다.) 볼리비아는 남미 최빈국이다. 가진 자원이 적지 않지만 국민 소득이 형편없고 그에 비해 생활 물가는 이웃 나라 페루보다 오히려 높다. 그런 약간의 배경 지식만 가지고서도 택시가 공항 주변 도로를 빠져나와 급강하하기 시작할 때 눈에 들어오는 풍경은 당혹감과 놀라움이 배가되기에 충분하다. 계층 분화의 명확한 시각화! 마추픽추의 계단식 논밭을 마주할 때처럼 미학적, 기능주의적 쾌감을 즐길 수 없는 이유는, 인간 생존에 가장 필수적인 조건인 산소를 얼마나 편하게 충분히 들이마시며 살 수 있는가가 오로지 경제적 지위에 따라 세밀하게 무수한 단계로, 적나라하게 나뉘기 때문이다. 라파스 시내는 공항이 있는 해발 4,100m에서부터 3,200m에 이르기까지 고도차가 심하다. 그리고 이 경사면엔 여지없이 아무렇게나 찍어낸 흙벽돌 어도비 집들이 빽빽하다. 돈이 많을수록 저지대에 산다. 보통 도심이나 교외의 리조트 등지에서 관광용으로 이용되기 마련인 텔레페리코게이블카가 라파스에서만큼은 일상적 교통수단으로서 역할을 한다. 노선도 여러 개고 가격도 저렴하다. 익숙한 얼굴의 정치 포스터가 자주 눈에 들어온다. 최초의 원주민 출신 대통령. 쿠스코에서 고산증세를 단단히 겪은 덕인지 라파스에서는 별다른 이상 증세가 보이지 않는다. 시장통 *끄*트머리 호스텔 촌의 한 숙소에 도착하자마자 짐을 던져놓고 달의 계곡으로 달렸다.

차는 한참을 내리막길로 달렸다. 알록달록한 색채가 생동감을 주는 시장과 촛불 연기가 피어오르는 성당과 그라피티로 빽빽한 벽을 지나고 권위를 상실한 금장식의 베네수엘라 대사관, 보수를 막 끝낸 듯한 국립병원 등이 나타나자 이미 경사 없는 평지였다. 그러다 약간의 오르막길이 다시 이어졌고 수목을 보기가 훨씬 더 힘들어졌다. 오랜 침식 작용으로 뾰족뾰족해진 지형이 달 표면 같다 해서 '달의 계곡'이라는 별명이 붙은 이 지역명은 마야사Mallasa다. 침식 지형 중간에 난간을 설치한다든가 다리를 놓는다든가 해서 울퉁불퉁한 길 위로 편안하게 산책할 수 있게끔 꾸며진 일종의 도보 여행 코스로, 이 길을 따라 천천히 걸으면 한 시간 반에서 두 시간가량 걸린다. 물론 빨리 걸으면 45분이 소요된다고 안내판에 적혀 있기는 하지만 곧바로 빨리 걸어 한 바퀴를 채우기 위해서만 여기에 오는 '실적주의자'가 과연 있기는 할까. 목소리와 기계음은 어디에도 들리지 않고 늘 일정하게 오가는 바람 소리, 이따금 정적을 가르는 몸집 큰 새의 울음소리가 고독을 상기시킬 뿐.

가장 높은 바위기둥 위에 곡예사처럼 올라서서 기타를 퉁기며 노래 부르는 이가 있었다. 바람이 그의 판초를 살짝 들칠 때마다 그의 목소리도 꺾이곤 했는데 그는 엘 콘도르 파사, 베사메 무초 등을 구슬프게도 불렀다. 심심찮게 보이는 버섯 바위들은 가우디 풍의 우주인들 같았다.

달의 계곡에서 돌아오는 길에 산프란시스코 광장에 내렸

다. 성탄절이 코앞이라 말구유의 아기 예수께 경배하는 동방박사들을 조형물로 만들어 놓은 것이 눈에 띄었는데 금속 소재에 검은 칠이 되어 있는 것이 인상적이었다. 콜롬비아와 페루에서 검은 성모, 검은 예수를 보았는데 인구 중 원주민 비율이 가장 높다는 볼리비아에서 검은 동방박사와 마주치는 것은 당연해 보인다. 산프란시스코성당 왼쪽 옆으로 경사가 급한 길 사가르나가Sagarnaga로를 따라 노점상이 줄지어 섰는데 말린 과일을 넣어 만드는 러시아식 콤포트와 비슷해 보이는 과일 음료, 튀김만두 살테냐(남미 다른 지역에서 흔한 엠파나다와 비슷하다), 각종 견과류, 원통형 성탄절 케이크 파네토네 같은 품목을 취급하는 상인들이 특히 많다. 어느 채식 카페에 들어가 두유나 코코넛밀크를 넣고 만들어주는 코카 라테를 한 잔 마셨고 여유 있게 앉아 책도 읽고 딸아이와 얘기도 나누며 가끔 들어오는 외국인 관광객들의 모습도 지켜보았다. 인근 마녀 시장(주술적인 물건들 — 예를 들면 새집에 들어갈 때 복을 빌기 위해 집 입구에 걸어두거나 땅에 묻는다는 라마 미라 같은 것들 — 혹은 치료를 위한 것이라지만 희귀한 재료들 — 이를테면 어디서도 보지 못한 말린 곤충들과 이름 모를 들풀들 — 을 판다 해서 붙여진 이름. 사실 요즘엔 그런 기괴한 물건들은 방문객의 시선을 끌기 위한 상징물에 불과한 정도)에서 알파카 스웨터를 싸게 샀다며 서로 흥분하여 쇼핑 결과물들을 자랑하기에 여념이 없는 프랑스 대학생들, 데스 로드라는 험한 산지를 자전거로 달려 내려온 캐나다인 부부 등등.

체험형 상품의 전시장인 듯 보여도 다른 도시에 비해 사실 라파스에서 사람들은 급할 게 없었다. 고산증세 때문에 느릿느릿 움직여야 한다는 것, 믿지 못할 치안 수준 때문에 항상 긴장해야 한다는 것은 이방인에게 계명과도 같았다. 그러나 라파스 사람들은, 특히 여자들은, 그와는 완전히 반대로 지나친 이완 상태 속에서 살아가는 듯하다. 서두르지도 않고 그 널따란 겹겹의 주름치마 밑에서 다리를 느릿느릿 겹쳐 걸을 뿐인데 신기하게도 움직임의 결과는 만만치 않다. 뒤에 걸어오는가 싶으면 저만치 앞에 가 있다. 낮은 톤의 목소리 또한 특별하다. 골목 저 끝까지 분명하게 울려 퍼지는 섬뜩함이란. 그들이 시간을 넘나든다는 느낌을 받은 이유는 우리가 잊은 지 오래된 방식대로 그들이 아직 살아가고 있는 듯 보여서, 험한 산지를 오르내리느라 수백, 수천 년간 단련된 놀랄 만한 폐활량을 가져서 평지의 나약한 인간이 보기에 그들이 초인적 면모를 지닌 듯 보여서다.

마녀 시장 초입, 볼리비아 여인을 채색화로 그린 담벼락 아래로 모녀가 스쳐 지나갔다. 담벼락 벽화를 보고 있던 나는 그중 딸아이와 눈이 마주쳤고 아이는 서너 발자국 가다가는 뒤를 돌아다보고 웃고 또 서너 발자국 가다가는 돌아보고 웃었다. 아이가 뒤를 돌아볼 때마다 그 어미의 어린 시절이 플래시백 되는 것 아닌가 싶었다. 아이가 다시 앞을 보고 어미를 따라 걸으면 그 아이의 미래가 발 앞에 걸어가고 있었다. 그건 카를로스 푸엔테스의 『아우라』를 떠올리기에 충분했다. 여기는 마녀 시장이고, 라파스 구시가지야말로 남미적 바로크의 풍모

가 묻어나는 곳이니까.

젊은 역사학도 펠리페는 멕시코시티의 구시가지 한복판 퇴락한 저택에 사는 노파 콘수엘로의 의뢰로 그녀의 집에 머물며 그녀의 남편 요렌테 장군의 유고를 정리하는 일을 맡게 된다. 집과 노파가 풍기는 기괴한 분위기, 자신의 정치적 입장 과는 정반대 지점에 있는 요렌테 장군의 견해 등이 마음에 들지 않지만 후한 보수에 이끌려 일을 계속하기로 한 펠리페는 노파의 조카 아우라를 보는 순간 그녀의 초록 눈동자에 마음을 뺏기고 자신의 욕망에 모든 것을 맡긴다. 그가 요렌테 장군의 글을 읽고 아우라의 몸을 탐하고 마침내 아우라가 다리 사이에서 빚어 건네준 밀가루 반죽을 받아먹는 순간 콘수엘로의 영적 영향력이 펠리페에게 미친다. 작가 카를로스 푸엔테스는 멕시코시티의 복합성, 즉 상이한 역사가 중첩된 공간으로서의 멕시코시티, 그 이질적인 것들의 조합을 효과적으로 드러내고 싶었다고 말한다. 비교적 짧은 이 이야기의 결말은 다소 충격적인데 아우라가 다름 아닌 콘수엘로의 젊은 분신이자 그녀가 만든 환영으로 드러나는 장면이다. 더불어 아우라로 분한 콘수엘로를 탐한 자가 펠리페이므로 그 자신 또한 죽은 요렌테 장군과 동일시된다. 아우라는 어떤 마술이다. 젊음을 갈망하는. 그것은 붉은 눈의 토끼로 눈앞에 나타났다가 순식간에 사라지기도 한다. 순간의 성스러움. 그 이름은 아우라.

너는 눈을 뜬 채로 콘수엘로의 은빛 머리카락에 얼굴을 묻을 거야. 달이 구름에 가려 앞이 안 보이고 두 사람 역시 어둠 속에 가려 젊은 시절의 추억, 되살아난 기억의 어느 순간으로 대기 중에 이끌려 갈 때 그녀는 다시 너를 끌어안을 거야. 『아우라』, 62쪽

마녀 시장의 마녀는 눈앞에서 사라져 버렸다. 볼리비아 최대의 원주민 신년 축제 이름은 알라시타Alasitas. 원주민 언어인 아이마라어로 "사주세요"란 뜻이다. 여행에서 돌아온 지 얼마 되지 않았을 때 신문 기사를 접하게 되었는데 이 신년 축제가 유네스코 세계문화유산으로 지정되었다는 소식이었다. 산 프란시스코 성당 앞으로 자잘한 물건들을 들고 모여든 사람들로 북새통을 이룬 장면도 함께 실렸다. 이 축제의 내용은 다음과 같다. 사람들은 올 한 해 가지고 싶은 물건들의 미니어처를 일단 산다. 미니 주택과 미니카, 장난감 돈다발 등. 그것은 원주민 전통에 따라 부의 신 에케코Ekeko에게 바쳐진 후 다시 권위 있는 가톨릭 성당에서 신부의 축성을 받는 것으로 마무리된다. 완전한 물질의 축제. 그리고 연이어 떠오르는 체 게바라의 몸. 그는 성공한 혁명을 뒤로 하고 아직 오지 않은 혁명을 향해 뛰어들었다가 이곳 볼리비아에서 죽임을 당했다. 욕보여진 그의 몸. 확실한 물질. 뒤이어 확인된 확실한 정신.

"비밀을 간직한 채로 말없이 걸어가면서 스쳐 지나가는 다른 사람들이 간직하고 있을 비밀을 상상하는 일" 『걷기의 인문학』, 302쪽을 누린 라파스에서의 몸을 추억한다.

영원의 시각화

우유니

일상이 전쟁 같아서, 먹고 자는 행위가 사뭇 엄숙할 법한데 나는 더욱 가볍게 살려고 노력 중이다. 사뿐사뿐 발을 내딛는 리듬감을 잃으면 그마저도 유지할 수 없을 것 같은 일이 적지 않다. 이를테면 가볍게 손목 스냅을 이용해 쌀 씻기. 핸드밀로 원두를 잘 갈아 주전자로 물을 떨어뜨려 커피 걸러 마시기. 1시간 안에 잽싸게 세탁과 샤워 마치기. 제임스 설터를 읽었다.

그는 아침마다 반숙란을 먹었다. 찬물 담은 냄비에 달걀 하나 넣고 물이 끓으면 끝. 나이프로 달걀 껍데기 윗부분을 조심스럽게 톡톡 쳐서 벗겼다. 그 속에 버터와 소금을 조금 넣은 후 말랑한 흰자와 따끈하고 멀건 노른자를 스푼으로 떠먹었다. 그리고 그가 가져온 신문을 한 시간 남짓 보고 나서 원고를 읽었다. 그의 삶은 더욱 단출해 보였다. 『올 댓 이즈』, 382쪽

그러면서 우유니 소금사막에서 찍었던 사진 몇 장을 본

다. 석 달 전의 일들. 허공에 떠 있는 듯했던 도시 라파스를 떠나 '아마조나스'라는 이름의 비행기를 타고 우유니라는 이름의 마을에 내렸다. 손바닥만 한 마을 밖으로 펼쳐지는 광활한 자연. 소금사막 하나에 모든 것을 기댄 마을엔 끈적끈적한 흙먼지가 끈질기게 활동했다. 대행사에서 꾸려주는 대로 6~7명이 팀이 되어 사륜구동 SUV를 타고 한낮과 황혼의 소금밭(어떨 때는 사막이 되고 어떨 때는 밭이 된다. 그렇게 보이는 시간대가 있고 그렇게 보이게 하는 사람들이 있다)을 보고, 검은 하늘과 해돋이를 함께 보는 것 외에는 우유니에서 따로 할 수 있는 일이 없었다. 개인적으로는 접근이 불가한 구역. 우유니 마을 밖으로 이틀 혹은 사흘 즈음 달리면 온천과 라군, 기암괴석이 장승처럼 서 있는 모래사막이 있기는 하지만 그마저도 저런 방식으로만 움직일 수 있다.

이름이 뭐예요? 호르헤요. 포토시에 집이 있어요. 라파스에 비하면 포토시는 천국이죠. 과일이 그렇게 풍성할 수가 없다고요. 아주 옛날에 은이 잔뜩 나왔던 곳이라는 건 알죠? 운전사의 아내가 우리를 위해 샐러드와 쌀, 닭고기 요리를 만들었다. 음식을 담은 밀폐용기가 커다란 바구니에 담겨 트렁크에서 덜컹거리며 소금사막을 건너왔다. 우리는 소금으로 지은 게르(몽골 유목민의 집) 느낌 나는 집에서 소금 식탁에 둘러앉아 점심을 먹었다. 사실 게르 같은 원형 구조물은 아닌데 '사막', '차단', '둘러앉음'의 의미 조합으로 엉겁결에 나에게만은 우유니의 게르가 된 이곳의 이름은 소금 호텔. 장 지안이요. 산둥성 출신이예요. 우리 회사에서 만드는 유리가 삼성 제품에도 쓰인다고요. 휴가 내기가 만만치 않아요. 하지만 페루와 볼리비아 두세 군데만은 꼭 보고 싶어서요. 고산병은 별로 무섭지 않아요. 야간버스 안에 숨어있는 도둑은 무섭지만요. 세계를 자기 손에 넣은 것처럼 자신감이 넘치는 대륙의 남자. 그는 목소리가 컸다. 차 뒷자석에서 잠든 아이가 그의 목소리에 흠칫 놀라며 깰 정도로. 언짢지는 않았다. 어차피 운전사가 내려야 한다고 했으니까. 공룡 인형이랑 사진 찍는다고. 나요? 말해줘도 발음이 어려워 금방 잊어버리게 될걸요? 그냥 '펠트모자 쓴 남자'로 불러줘요. 삿포로가 너무 추워서 가장 반대편에 있는 포인트로 오다 보니 부에노스아이레스로 와서 한 달 정도 지냈어요. 크게 궁금한 것도 꼭 봐야겠다고 생각한 것도 없었거든요. 그런데 아르헨티나 물가가 너무 비싸더라고요. 그래서 이번에 처음 그 밖으로 나와봤어요. 여기 볼리비아. 그냥이요. 그런데 좋네요. 텅 빈 느낌이요. 찾아야 할 것이 많아 보이는 여백의 남자. 그의 이름은 치카라였다. 별로 어렵지 않은데. 하지만 정말 난 금세 그의 이름을 잊었고 지난 메모를 뒤져야 했다. 그의 카키색 펠트 모자가 마음에 들어 우유니 장터에서 비슷한 디자인으로 보라색 모자를 나도 하나 샀다. 그런 인연.

　머리가 팽 돌며 쓰러질 것 같은 한낮의 소금사막엔 정적만이 감돌았다. 거기서 철없는 원시인들처럼 괴성을 지르며 공룡 인형과 사진을 찍었다. 그리고 또 물이 고인 소금호수에서 장화 발을 첨벙거리며 알록달록한 반영 사진들을 찍었다. 소금기 먹은 머리카락들이 점점 뻣뻣해져 지평선과 같은 방향으로 정렬하기 시작했을 때, 일몰을 지켜보기 위한 장소에 도착했다고 운전사가 말했다. 그러나 먹구름 장막이 주위를 거짓말처럼 덮어버렸고 우리는 붉어지다 말고 급속도로 까매지는 하늘 아래서 무력하게 서 있었다. 추웠다. 그때 읽고 있던 루이스 사폰의 소설에서 이런 표현을 적어놓았다. "어둠을 핥고 있는 푸르스름한 망토 아래서 쇠약해져가는", 그런 소금호수.

다음날은 아주 늦게 일어나 게으르게 아침을 먹고 침대에 비스듬히 앉아 책을 읽었다. 오후까지 비가 왔고 숙소 복도를 따라 천정이 유리로 된 구간에선 후두둑 소리가 이어졌다 끊어졌다 반복했다. 어제 야간버스로 코파카바나에 도착한 장 지안으로부터 메시지가 왔다. 태양의 섬은 얼마나 멋진지. 그 밤에 쉬지도 못하고 고생하고 간 보람이 있다는 얘기였다. 곧 티티카카호수를 찍은 시원한 사진들이 폰 화면에 두어 장 비쳤다. 그래서 비록 나는 티티카카호수에 갈 계획이 없었고 실제 가본 곳이 아니지만, 마치 밤새 꿈속에서 빗소리와 함께 어딘가 다녀온 곳이 그곳인 것처럼 기억하고 있다, 지금까지도. 우유니 옆 동네인 것처럼. 빗소리가 잦아들고 마침내 창밖을 오가는 행인들의 소리가 들려올 즈음 기계체조 선수처럼 벌떡 일어나 그 옷차림 그대로인 채 발만 운동화에 찔러 넣고 마을을 구경했다. 투어 패키지에 묶인 삶을 사는 우유니 사람들의 가게에는 예상외로 어떤 호객 행위도 없었다. 전통 방식으로 직조한 천으로 감싼 무지 스프링 노트 한 권과 펠트 모자를 사

서 모자는 바로 썼다. 이 마을의 랜드마크인 시계탑 근처를 서성이며 사람들을 구경했다. 쿠스코나 라파스에서처럼 코카 잎을 씹어 먹는 사람보다는 뻥튀기 옥수수_{일명 강냉이}를 입안에 털어 넣는 사람들이 많았다. 산처럼 부푼 보라색 치마를 입은 여성과 눈이 마주쳐 어색해 웃었다. 그녀의 금니 세 개가 순간 구름을 뚫고 나온 햇빛에 번쩍.

삶의 어느 시점에 이르면 다 그러니까. 삶의 어느 시점에 이르면 누구를 만나든 아는 사람처럼 느껴지기 마련이었다. 새로운 사람은 없었다.『올 댓 이즈』, 249쪽

그래. 외할머니 같았다. 아주 어릴 때 본 기억밖에 없는 외할머니. 사투리가 심해 한참을 묻고 또 물어야 할머니가 무슨 말을 하는지 알아들을 수 있었다. 은니가 번쩍였고 바닷가 음식들을 셀 수 없이 많이 차려주시던. 지금은 아니지만 아주 오래전엔 여기도 바다였다. 그래서 짠 내 나는 땅이다. 이 여인도 알아들을 수 없는 말을 했다. 쿠스코에서부터 단련이 되어 있어 케추아어인가 싶었다. 그녀가 말을 바꿨다. 무슨 종교에 대한 설명이 이어졌다. 아, 여호와의 증인이구나. 외부인들이 소금사막에서 얻어가는, 또는 얻어가려는 무언가를 이들은 외부에서 찾을 수밖에 없는 모양이었다.

다음날엔 깜깜한 새벽에 지프가 우리를 데리러 왔다. 우리 가족 말고도 세 명이 더 해돋이를 보는 투어에 참여했다. 전날의 폭우에서 아직 자유롭지 못한 탓인지 하늘엔 구름이 잔뜩 끼었다고 운전사가 말했다. 두 시간 남짓 어둠 속에서 언뜻 빛나는 별 몇 개를 보았고 추위에 떨었고 어스름 붉은 바탕색 속에서 일출을 느꼈다. 소금은 물기를 머금고 있었다. 태양 빛의 각도와 태양열이 대기 중에 흡수되고 반사되는 정도에 따라 은은하고 고운 빛들이 우리를 비췄다. 물체가 없을 때는 처음과 끝을 가늠할 수 없었지만 사람, 자동차 등이 지평선, 또는 수평선에 다가가면 세상이 갑자기 반으로 쪼개져 물체는 하늘에 반, 땅에 반 속한 비운의 주인공이 되었다. 나는 온전한 나를 볼 수 없는 반영의 세계. 바람이 불어왔고 잠시 파랗게 부서지는 하늘이 비췄고 침묵이 짙게 깔렸다. 인간이 고안한 갖가지

구조물이 가득한 곳을 애써 피해 이 텅 빈 땅에서 인간이 다시 찾으려고 하는 것은 무엇일까? 반영 사진 찍기에 지칠 즈음이면 모두의 시선은 좀 더 먼 곳으로 향한다. 아주 오래전부터 거기 있었던 것들이 어떤 식으로든 말을 건다. 내 장화 앞에는 소금이 와있다. 사각거리고 반짝이는 것.

임시적이고 즉흥적인 것은 도시의 것이다. 나는 그런 도시에 지친다고 종종 토로한다. 그런데 '영원성'의 시각화가 이루어진 장소, 이를테면 이런 소금사막 같은 곳에 오면 나는 또 두려워진다.

비 온 뒤 물기, 별의 궤적, 발자국은 사라졌고 해는 순식간에 높이 떴다. 하늘빛에 눈이 시렸고 나는 눈을 감았다. 내게 흔적으로 남은 것들에 대해 생각했다. 도시에서는 어딘가에 늘, 변함없이 있을 것들을 그렸다면 도시를 떠나 닿은 곳에서는 잠시 있다 끝내 떠나버린 것들을 떠올리는 것에 골몰했다.

쿠스코의 크리스마스

코리칸차는 쿠스코 최고의 잉카 신전이었다. 스페인의 지배가 시작되고 제일 먼저 벌어진 일은 코리칸차를 성당과 수도원 기능으로 덮어버리는 것이었는데, 그 이름은 산토도밍고다. 기독교 쪽에서 본다면, 오늘날 이스탄불 아야 소피아의 경우와 정반대 상황이라 할 것이다. 모든 흔적이 사라진 코리칸차는 부분적으로 복원된 돌벽코리칸차는 케추아어로 Golden Enclosure 으로 그 규모와 분위기를 가늠해 볼 수 있다. 코리칸차, 혹은 산토도밍고에는 스페인 교회와 잉카 군대의 첫 대면 순간이 묘사된 그림이 걸려있고, 잉카제국 왕족의 옷과 왕관을 그대로 걸친 성모마리아와 아기예수상이 전시되어 있기도 하다. 쿠스코 어린이의 형상으로 천사를 그린 벽화가 제법 많고, 쿠스코 화파의 성화에서 십자가에 달린 예수는 늘 치마를 입고 있다. 착취와 수탈의 역사가 시작되기 전, '그럴 수도 있었던' 놀라운 만남의 순간이 새겨져 있다.

크리스마스를 이틀 앞두고 아르마스 광장에는 노천 시장

이 크게 열렸다. 전통 의상을 입은 쿠스코 사람들이 끝도 없이 밀려들었다. 쿠스코대성당의 크리스마스 전야 미사는 발랄하고 좀 시끌벅적했다. 엄숙할 성찬 예식에서조차 배경 음악은 춤곡이라 해도 의심치 않을 리듬과 멜로디가 계속되었다. 성당 곳곳의 장식 모형들도 유럽의 캐논과는 사뭇 다른 재치가 만점. 가슴팍에 뭔가를 고이 싸 들고 사람들이 속속 모여들었다. 자세히 보니 광장에 마련된 노천 시장에서 파는, 금박 은박 장식 옷을 입힌 남자아이 인형이었다. 다름 아닌 아기 예수. 러시아 부활절에 삶은 달걀과 원통형 빵 쿨리치에 축성 받아 가족, 친지들과 나누듯이 페루 성탄절에 사람들은 잘 입힌 아기 예수 인형에 축성 받아 성당 안에 꾸며놓은 구유에 뉘었다가는 집에 가져가 내내 그 의미를 기리는 것이다. 미사 참여 전에는, 시장에서 무수한 인형들을 보고 쿠스코 어린이들이 옷 갈아입히기 인형 놀이를 특별히 즐기나 보다 했다. 전통 의상을 입은 아낙들과 아이들이 이른 아침부터 늦은 저녁까지 골목을 옮겨 다니며 줄을 선다. 규모 있는 가게마다 시간을 정해놓고 초콜릿, 과자, 케이크 등을 나누어주는 것이라 한다. 줄 서다가 잠드는 아이들이 태반이다. 쿠스코 시내보다는 멀리 산동네에서부터 모처럼 내려온 사람들이 대부분. 그래도 그냥 얻어가는 것이 있는 날이 크리스마스라니 안심이다.

십자가에 달린 검은 예수.

금박 은박 장식 옷을 입은 아기 예수.

초콜릿 봉봉과 함께 오시는 예수.

크리스마스 당일 아침 미사 후 퍼레이드가 벌어진다. 그냥 걷는 것이 아니라 인간 아닌 무엇으로 몸을 꾸민 뒤 노는 한바탕 춤판이다. 이들은 행사 요원이 아니라 모두 미사에 참여한 신자들이자 시민들이다. 가장 인기가 많은 캐릭터는 콘도르, 공작 등의 새다. 하루쯤은 모두 하늘로 훨훨 날아올라도 좋으리라.

불시착, 메데인

그해 봄 어느 금요일 밤, 비행기 표가 전격 취소되었다. 개별 통보는 없었고 단지 언론 보도가 있었을 뿐이다. 탑승 하루 전 인터넷 신문 보도 자료를 보고 알았다. 리우데자네이루에서 파나마시티를 거쳐 카라카스로 돌아가려던 참이었다. (경제 위기 이후 카라카스를 오가는 비행편은 눈에 띄게 줄어서 어디를 가려 해도 두세 번씩 경유하는 일은 흔한 일이 되었다.) 표는 파나마 국적기인 코파 에어라인에서 발권된 것이었다. 뜬눈으로 밤새며 자꾸만 에러가 나는 스마트폰 속 결제 화면과 씨름한 끝에 극적으로 구한 표는 페루 리마를 경유, 콜롬비아 메데인으로 가는 콜롬비아 국적기 아비앙카항공권, 그리고 메데인에서 카라카스로 가는 베네수엘라 국적기인 아비오르항공권이었다. 덕분에 리우데자네이루 카를로스 조빙 공항에서 노숙해야 했고 예정에도 없던 메데인에서는 숙소를 구해야 했다. 코파 에어라인의 항공권이 취소된 배경은 이렇다. 마두로 정권의 온갖 정책에 반대하는 미국의 강력한 경제 제재가 있은 지는 이미 오래. 파나마 정부는 카라카스발 검은돈의 흐름에 이의를 제기했고 심기가 불편해진 베네수엘라는 이에 대한 보복으로 파나마 국적의 항공사, 선사 업무를 일시에 금해버렸던 것. 항공사는 천재지변과 맞먹는 변수이니만큼 항공료는 되돌려 주겠다 했지만, 하루 아침에 벌어진 사태로 다른 표를 구하기 힘들어진 승객들로서는 대혼란에 빠질 수밖에 없었다. 게다가 최근 1~2년간 이미 많은 항공사가 베네수엘라 정부의 대금 미지급으로 적자에 시달린다며 운항을 중단한 상태였다. 콜롬비아 아비앙카 항공이 그랬고 미국 유나이티드 항공이 그랬다. 그러나 좀 복잡한 조합으로 발권하면 어떻게든 방법은 생긴다. 메데인에서 카라카스로 운행하는 베네수엘라 국적기 아비오르 비행편이 아직 남아있었다. 그래서 두 번을 갈아타고 일단 메데인까지 가게 된 것이다.

그렇게 갑자기 일이 벌어지고 노숙과 환승과 대기의 하루 반 만에 메데인이라는 도시에 떨어졌다. 하늘에서 잠깐 졸다가 꾼 꿈에는 카라카스로 들어가는 아비오르항공권마저 취소되어 메데인이라는 사막에 주저앉은 내가 보였다. 그러나 막상 도착해보니 메데인은 푸릇푸릇한 식물들로 가득한 온화한 기후의 도시다. 정신을 차리고 기억을 더듬으니 『추락하는 모든 것들의 소음』이 가리키고 있는 도시가 바로 메데인이다. 마약왕 파블로 에스코바르의 활동 무대, 그리고 '모든 것이 괜찮아'라고 말하는 듯 사람을 느긋하게 만드는 그림의 주인공 보테로가 바로 이곳 출신이다.

별명이 '영원한 봄의 도시'다. 연중 온화한 기후를 자랑하

안티오키아박물관

는 곳인 셈. 더블 엘을 '예' 소리가 아닌 '제' 소리가 나게 발음
하는 것이 베네수엘라나 콜롬비아적 습성이다 보니 사실 '메데
인'보다는 '메데진'으로 부르는 게 이 인근에서는 익숙하다. 안
티오키아주의 주도인 도시라 박물관 이름도 안티오키아박물
관이다. 이 지역의 역사적 유물과 함께 보테로가 기증한 자기
작품들과 그가 소장했던 피카소, 모네, 마티스, 샤갈, 미로 등 외
국 작가들의 작품이 광범위하게 전시되어 있고, 박물관 앞 광
장은 보테로의 조각 작품들로 꾸며져 있어 유머러스한 그의
정서가 오가는 사람들의 기분까지 북돋운다. 원래 박물관의 이
름은 콜롬비아 독립에 중요한 역할을 했던 프란시스코 안토니
오 제아의 이름을 딴 제아박물관Museo de Zea이었지만, 1978년 폐

페드로 넬 고메스의 프레스코화

르난도 보테로가 작품을 기증하면서 박물관을 지역 정체성을 가진 이름으로 바꾸자고 제안했고, 이후 안티오키아박물관으로 이름을 바꾸게 되었다.

박물관 입구에 배치된 페드로 넬 고메스Pedro Nel Gómez의 벽화가 이 박물관의 존립 이유를 설명하는 듯하다. 20세기 초기와 중기 콜롬비아 사회상을 열한 점의 프레스코로 제작했다. 〈커피의 춤la danza del café〉이라는 제목의 벽화도 있다. 그만큼 콜롬비아의 삶에서 커피가 차지하는 위상을 보여준다. 카를로스 카스트로의 〈나르코 방주The Narco Arc.〉도 인상 깊다. 파블로 에스코바르가 사유지에 동물원을 조성하면서 본래 콜롬비아에서는 볼 수 없는 동물들을 수입해오는 풍경을 '노아의 방주'에 빗댄 작품이다. 안티오키아 지역색을 강하게 느낄 수 있기로는 단연 프란시스코 안토니오 카노Francisco Antonio Cano의 작품들을 꼽을 수 있겠다. 가령 〈지평선horizontes〉 같은 작품. 그리고 부풀린 양감의 화가 보테로의 작품들이 대거 등장해 웃음을 자아냈다.

1932년 콜롬비아 메데인에서 태어난 페르난도 보테로Fernando Botero는 스무 살 때 보고타에서 첫 개인전을 열고 좋은 반응을 얻었다. 특유의 뚱보 스타일은 1956년 만돌린을 표현하며 우연히 얻게 된 효과라고 한다. '선진적' 유럽에서 작품의 주제나 화면 배치 등을 영향받았지만 그는 라틴아메리카적 '풍부함'을 개성적으로 표현하고자 했고 이는 양감과 색감 모두에서 효과를 발휘했다. 작가 스스로가 거듭 밝히고 있듯 그는 '뚱보'나 '뚱뚱함'을 그리려고 하는 것이 아니라 규모를 키움으로

써 형태의 관능성과 풍만함을 전달하고자 한다는 것이다. 그는 심지어 이것으로 재미나 풍자를 겨냥하지조차 않았다고 하는데, 우리는 그가 부풀려놓은 사물과 인체를 보며 때로 빙그레 웃음 짓고 때로 가슴 아픈 슬픔에 젖게 되니 그의 '부풀림'은 주제의 효과적 전달 면에서 제 역할을 한 것으로 보인다. 아담과 이브, 과일 바구니, 새, 예수, 성모마리아, 교황, 투우사와 투우, 밤의 천사들, 도시의 노동자들, 집과 가족 등 모든 것이 부풀려져 있다. 그 양감 속에서 우리의 상상력도 한껏 부풀어 오른다. 관람객이 가장 많은 곳은 파블로 에스코바르의 죽음을 다룬 그림 〈사망한 파블로 에스코바르Pablo Escobar muerto〉1999 앞이다. 나는 곧 20대 청년 파블로의 안내로 일명 파블로 에스코바르 다크투어에 임했다.

파블로 에스코바르는 1993년 12월 2일, 은신처에서 44세의 나이에 피습으로 죽기까지 콜롬비아의 마약 조직인 메데인 카르텔을 이끈 인물이다. 그의 죽음에는 전설적 인물답게 여러 버전이 있는데, 콜롬비아 경찰인 후고 아길라에 의한 총격, 반파블로 에스코바르를 표방한 연합 조직인 로스 페페스의 리더 중 한 명인 카를로스 카스타뇨에 의한 저격, 그리고 도망 중 자살 등에 의한 사망설이 그것들이다. 한때 전 세계 코카인 생산량의 80%를 생산, 유통하며 포브스지가 선정한 세계 최고 부호 7위에 선정되기도 했던 파블로 에스코바르는 마약 사업으로 벌어들인 막대한 자금으로 중화기를 갖춘 자체 병력과 코

〈사망한 파블로 에스코바르〉, 1999

끼리, 낙타, 하마, 얼룩말 등 야생동물을 풀어 놓은 사설 동물원을 소유하고 있었다. 그는 고향인 메데인 지역에만 300채의 저택을, 전 콜롬비아에 800채의 집을 소유하고 있었는데, 정부와 각을 세우기 시작한 때부터 한 곳에 머무르지 못하고 수시로 거처를 옮겨야 했다. 가족을 끔찍이 아꼈고 가족의 안위를 늘 걱정해야 했던 그는 미국의 감옥에 갇혀 생을 마감하는 것을 최고의 모욕이자 형벌로 여겼다. 이제 파블로 에스코바르는 "미국의 감옥보다는 콜롬비아의 무덤이 낫다"는 문구가 새겨진 묘비 밑에 묻혀 있다.

그의 고향인 메데인은 한때 섬유, 의류 산업이 번성했으나 1950년대 말부터 아시아 국가들에 밀려 몰락하기 시작했다. 그때 이 지역에서 성행하기 시작한 것이 밀수였고, 가난한 노동자의 아들로 태어난 파블로 에스코바르는 21세에 사촌인 구스타보 가비리아와 함께 프리에토라는 밀수업자 밑에서 가전제품과 담배를 밀수하는 일을 배우기 시작한다. 그러다 그들은 자신들의 사업체를 꾸리고 마리화나 밀수에 손을 대는데, 부피가 작으면서도 더 이윤이 많이 남는 사업으로 옮겨간 것이다. "아기 예수를 걸고 맹세하는데, 나는 5년 만에 1백만 페소를 벌겠어"라는 그의 다짐은 쉽게 실현되었다. 그는 25세에 최고의 고부가가치 사업인 코카인 사업을 시작하게 되고, 그리셀다 블랑코라는 전설적인 여성 마약 업자를 통해 코카인을 미국에 수출한다. 현금 보유량이 너무 많아 취득 경로에 대한 의심을 피할 목적으로 곳곳에 땅을 파고 몇백만 달러씩 묻어 두어야 했던 그는 자신이 돈 많은 서민이라 자처하며 호화로운 생활을 즐겼고, 빈민들에게 집을 무상으로 지어주고 동네마다 축구장을 지어주며 메데인 빈민들의 로빈 후드로 불리기도 했다. 파블로 에스코바르는 전체 국민 중 절반이 넘는 수가 빈민층인 중남미의 일반적 현실에서 태어난 비현실적 인물이라고 할 수 있다.

한때 주요 밀 생산국이었던 콜롬비아에서 1950년대에 밀산업이 무너지면서 농민들은 밀 대신 마약 재료 재배를 시작했다. 미국의 농업 기업에 보조금을 지급하여 다른 국가들이 미국에 식량을 의존하도록 유도하는 프로그램의 이름은 "평화를 위한 식량 원조"였다. 콜롬비아의 농민들은 파산했고 다른 작물을 재배해야 했지만, 미국과의 관계는 지속되었다. 마약 자금의 절반 이상이 미국 은행에서 세탁되고, 미국의 화학기업이 중남미에 수출하는 화학 제품의 90% 이상이 마약 생산에 사용되었다. 그리고 무엇보다도 마약은 대부분 미국에서 소화되었는데, 미국인의 콧구멍을 통해 몸 깊숙이 스며들어 제국을 병들게 했다. 그 수요에 부응하기 위해 콜롬비아를 비롯한 중남미의 불법적 사업가들은 공급에 박차를 가했다.

미국은 1970년대부터 마약단속국DEA을 설치해 작전을 수행하게 했는데, 이들은 마약 전쟁의 초점을 자국의 수요를 줄이는 것이 아닌 생산지에서의 공급의 무력화에 맞췄다. 모든 잘못은 중남미의 마약밀매업자들에 지워지고, 그 중심에 있던 인물이 파블로 에스코바르였다. 그가 "Plata o Plomo뇌물이냐 총알이냐"

의 기치를 내걸고 포섭하거나 제거했던 대상은 광범위했다. 그의 손길은 콜롬비아의 정치인, 관료, 군, 경찰뿐 아니라 미국 마약단속국 요원들까지 미쳤다. 그는 세계 마약 업계에서 우뚝 선 마약왕이 되었는데, 문제는 그가 여기에서 만족하지 않았다는 것이다. 파블로 에스코바르는 메데인 지역에서의 인기를 바탕으로 국회의원이 되었고(그는 대통령이 되기를 희망했다), 그의 삶은 더욱 복잡하게 흘러가기 시작한다. 이 지하 세계의 지도자는 제도권에 진입하려 함으로써 자신의 마약밀매업자로서의 경력이 더욱 드러나는 것을 막을 수 없었다. 제도권에서 뇌물과 테러의 정치를 버젓이 실행할 수는 없는 노릇이었고(물론 이런 예가 없는 것은 아닐 것이다), 그는 의원직을 사퇴해야 했으며 그의 정체를 폭로한 당시 법무부장관을 암살한다. 이제 정부와의 전쟁이 시작되고, 정부가 마약 제조소와 창고 등을 덮쳐 마약을 압수해 에스코바르에 타격을 가하면 그는 경찰 간부, 언론인 등을 암살해 이에 화답했다.

　이러한 전쟁을 치르면서 파블로 에스코바르는 사면 협상을 시도하는데, 미국과의 범죄인 인도 조약에 의한 미국으로의 송환을 두려워했기 때문이다. 그것은 곧 죽을 때까지 미국 감옥에서 지내는 것을 의미했다. 정부는 범죄인 인도 조약 실행을 선언하고 강제 송환자 리스트를 작성하기 시작하는데, 이에 맞서 파블로 에스코바르가 선택한 카드는 법무부 청사 점거였다. 게릴라 조직을 고용해 인질 200명을 볼모로 군대, 경찰과 26시간 대치하며 자신에 대한 증거 서류를 모두 소각했

파블로 에스코바르가 최후를 맞은 건물의 지붕

는데, 이 참사는 12명의 판사를 비롯해 95명의 인질이 사망하는 것으로 막을 내렸고, 강제 송환자 명단은 파기되었다. 그러나 범죄인 인도 조약의 완전한 폐기를 향해 파블로 에스코바르는 유력 대통령 후보의 암살, 대통령 후보가 타기로 예정된 여객기 폭파(그 후보는 거기에 탑승하지 않아 목숨을 건졌지만 민간인 103명이 전원 사망했다), 보고타와 메데인 등에서의 도심 폭탄 테러(이로 인해 300여 명이 사망했다) 등으로 콜롬비아 전체를 공포로 몰아넣었다. 또한 주요 인사들의 자녀들, 친척들을 납치해 미국과의 범죄인 인도 조약 폐기와 자신만의 감옥 확보 등의 조건 관철을 위해 정부와 줄다리기했고, 결국 정부는 투항 시 형량 감량이라는 조건까지 받아들여야 했다. 1991년 7월에 에스코바르는 자수했고, 언덕 위에 스스로 준비한 자신만의 감옥(곁에서 보기에 허름해 보였던 이 건물에는 축구장, 수영장, 연회장, 도박장 등이 갖춰져 있었다)에서 수감 생활을 시작한다. 그는 교도관들을 자신이 선발하여 고용한 다음, 국가 경찰이나 군대는 감옥 건물에서 3km 이내로 접근하지 못하도록 했고, 감옥 안에서 마약 사업을 계속했으며 부하들과 파티를 열기도 했다. 수감 동료들은 모두 그의 부하들이었으며, 에스코바르는 감옥 안에서 안전을 확보한 채 전쟁의 피로를 풀며 휴식을 취하고 있었다. 그는 변호사를 통해 형량 협상을 지속했고, 가족과 함께 시간을 보내기도 했으며, 조직 운영을 계속해 나갔는데, 1993년 감옥을 방문한 카르텔 내의 동업자 두 명을 감옥 내에서 살해하고 태워버린 일이 콜롬비아 정부에 알려지면서 정부는 에스코바르를

파블로 에스코바르의 묘

일반 교도소로 이감시키는 것을 추진한다. 이를 절대 받아들일 수 없었던 그와 부하들은 감옥을 빠져나와 은신처를 전전하며 판을 뒤집어보려 했지만, 그동안 그는 적을 너무 많이 만들었고, 정부의 총공세와 반에스코바르의 기치를 내건 옛 동료, 극우 게릴라 및 칼리 카르텔의 임시 연합인 로스 페페스의 공격으로 그의 처지는 더욱 나빠졌다. 그리고 막대했던 그의 힘이 약해진 것을 눈치챈 골목 조직원들의 배신과 민간인 대상 테러로 환멸을 느낀, 한때 그를 지지했던 민심의 이반은 그의 몰락을 재촉했다. 자신만의 감옥을 탈출한 해의 12월, 가족 없이 44세 생일을 보내고서, 이튿날 수많은 부하들이 죽거나 떠나고 경호원 한 명과 함께 은거하던 숙소가 발각되어 도망하던 중 그는 총상을 입고 숨진 채 근처 지붕에서 발견되었다.

파블로 에스코바르는 분명 과대망상증 환자였고, 오만과 광기가 그를 파멸로 이끌었다고 보이지만, 그는 콜롬비아의 폭력의 역사가 낳은 자식이기도 했다. 자유당과 보수당의 정치 투쟁이 낳은, 30만 명을 희생시킨 폭력시대La Violencia, 1946 ~ 1957 이후에도 콜롬비아에서는 좌익 반군과 우익 민병대 등이 뒤엉켜 싸운 내전1958 ~ 2013으로 인해 22만 명이 숨졌다고 보고되고 있다. 폭력이 만연하고 공포가 일상화되었으며, 경제 파탄 하에서 불법 지하경제가 활성화되었던 콜롬비아의 토양에서 자라난 비상한 인물이 파블로 에스코바르였다. 그는 당시 정계 거물들, 좌익 및 극우 게릴라들과 두루 연줄을 맺고 협력하거나 반목했다.

코카인을 나르는 경비행기들의 중간 기착지가 되었던 지역 중 쿠바는 미국으로서는 공산주의의 소굴로 목구멍에 걸린 가시 같은 존재였는데, 쿠바의 유력 인물이 마약 밀매업자들의 협력자로 밝혀지면서 미국은 좋은 트집거리를 잡는 듯했다. 1989년 7월, 피델 카스트로의 혁명 동지인 아르날도 오초아 산체스 장군이 마약 밀매 및 부패 혐의로 사형 선고를 받는데, 오초아 장군에게 뇌물을 준 것이 파블로 에스코바르의 메데인 카르텔이었다. 그 자신 마약 밀매에 연루된 것으로 의심받기도 했던 피델 카스트로는 혁명 동지를 처형함으로써 어떠한 빌미도 주지 않았다.

미국 마약단속국은 마약 퇴치를 빌미로 중남미의 좌파 정부 전복에 깊숙이 개입했는데, "마약 문제를 구실로 미국이 군사적 개입을 할 수 있는 상황이 영구화되도록 마약 조직이 미국(이나 유럽)으로 마약을 팔아 세력을 유지할 수 있도록 했고, 그로 인해 마약 전쟁은 끝나지 않는 구조"다나카 사카이 전 교토통신 기자, 2002.11.5가 되었고, 가장 불법적인 에스코바르와 가장 합법적인 미국은 이렇게 공생의 관계에 있었으며 불법과 합법은 뒤죽박죽이 되고 콜롬비아는 아수라장이 되어 버렸다. 어둠의 세계의 두목으로 불리는 에스코바르가 악의 화신일 뿐인지, 실정법상 불법이어서 비싼 코카인으로 벼락부자가 된 그는 그 재력으로 기득권에 맞선, 기성 체제에 대항한 반항아인지, 자신이 미국으로 끌려가지 않으려고 범죄인 인도조약을 반대하던 그가 결과적으로 콜롬비아의 자주권을 옹호했다고 볼 수 있을지는 단정하기 어렵다. 다만, 미국의 하수구 중남미에서 생산되는 코카인의 최고 생산자이자 코카인 합법의 나라를 꿈꾼 정치인이자 폭력의 힘을 절대적으로 믿은 제사장인 그는 누구보다 콜롬비아의 슬픈 역사를 체화한 인물이라 해야 할 것이다.

5장

남루한 폐허의
고향 신들

집에 얽힌 사연

소비에트 사회의 주거 공간과 영화 두 편

여기 보고 또 보는 러시아 영화 두 편이 있다. 청산유수로 뻗어나가는 이야기 구성과 아름다운 노래들, 게다가 당대의 내로라하는 명배우들의 연기가 이 영화들을 찾게 하는 요소들이지만, 다른 수많은 인상적인 영화들을 뒤로하고 하필 이 영화 두 편을 곱씹는 데는 또 다른 이유가 있다. 소비에트 사회의 주거 공간을, 거기서 필연적으로 벌어지는 아이러니한 관계들을, 웃지 못할 해프닝을 이토록 선명하고도 유쾌하게 보여주는 영화가 또 있을까. 〈파크롭스키예 바로타〉와 〈이로니아 수지브이, 일리 스 료킴 파롬운명의 아이러니, 또는 시원하시겠습니다〉은 러시아인들뿐 아니라 아마도 러시아어를 접하는 외국인들이 쉽게 찾아보게 되는 필모그래피에서 언제나 빠지지 않고 상위권을 차지하고 있을 것이다.

모스크바를 찾는 방문객은 도심지도 혹은 지하철 노선표를 보자마자 이 도시가 그야말로 거미줄처럼 잘 짜인 정확한 환형 도시임을 알게 될 것이다. 크레믈을 중심으로 2시 방향으로 비켜 올라간 지점에 키타이 고로드를 발견했다면 그대로 바깥으로 조금만 더 시선을 연장해 지하철역 이름으로도 쓰이고 있는 파크롭스키예 바로타 Покровские ворота 를 찾을 수 있다. 외부순환도로격인—교외 여타 도시들과 연결되기 때문에—МКАД를 큰 환상 고리모양 도로라 하고, 마야콥스카야, 스몰렌스카야, 파르크 쿨투르이, 악차브리스카야, 쿠르스카야 등을 잇는 내부순환도로를 작은 고리라 했을 때, 거기서 조금 더 안쪽으로 범위를 좁혀 도심 한가운데 심긴 대규모 가로수길을 쭉 연결해 나가다 보면 또 하나의 작은 고리가 만들어진다. 이 길을 따라 걷는다는 것은, 형형색색의 양파 지붕과 만나면서 정교 건축의 이야기 안으로 들어가게 되고 호수인 듯한 연못을 이용해 즐기는 뱃놀이와 아이스스케이팅으로 소비에트적 신체 활동의 낭만을 체험하게 되며 사브레멘닉 동시대인 같은 연극 전용 극장과 수많은 예술가의 작업실에 발을 들여놓으며 다양한 예술 체험의 현장에 노출된다는 얘기다.

영화는 1980년대를 사는 코스차(콘스탄틴 로민, 알렉 멘쉬코프 분)가 자신이 예전에 살던 코뮤날카 공동주거단지 가 개발로 헐리는 모습을 보며 1950년대를 회상하는 모습으로 시작된다. 코스차는 화려한 언변을 자랑하는 사학도로 고향에서 모스크바로 공부하러 올라와 친척 알리사 아주머니네서 살고 있다. 이 코뮤날카에는 코스차와 알리사 말고도 네 명의 거주자가 각기 방을 차지하고 살고 있는데 에스트라다극장에서 가수로 일하는 보컬리스트 아르카디 벨류로프, 라틴아메리카 연구자이자 저술가 마르가리타 파블로브나, 외국 시를 전문적으로 취급하는 에디터 레프 예브게니예비치 호보토프, 금속 기술자 사바 이그나티예비치가 그들이다. 이들 사이의 관계가 무척 재미있는데 레프 예브게니예비치와 마르가리타 파블로브나는 이혼한 부부 사이이고 마르가리타 파블로브나는 사바 이그나티예비치와 다시 약혼한 사이로 영화의 후반부에 이들은 결혼식을 올리게 된다. 푸르른 젊은 날의 코스차는 특유의 바람둥이 기질로 엄청난 여성 편력을 자랑하다 또 다른 마르가리타인 리타(영화에서는 어떠한 부칭이나 성도 없이 이름만으로 그녀를 지칭한다)를 만나면서 과거 자신의 모든 관계들을 정리한다. 그 과정에서 수영 선수인 스베틀라나를 사이에 두고 가수 아르카디 벨류로프와 대결 구도에 처하게 되기도 한다. 한편 에디터 호보토프는 병원에서 일하는 의료인 류다와 사랑에 빠지는데 이혼 후에도 보호자를 자처하며 그를 지배하려는 전 부인 마르가리타 파블로브나 때문에 이들 셋은 거의 발작 수준의 관계병을 앓게 된다. 이야기의 대략적인 줄거리가 이렇다 보니 호보토프의 자유 찾기, 혹은 벨류로프의 고독 탈출, 또 코스차의 성장 일기 정도로 주제를 압축해 볼 수 있겠지만 이 영화의 주연 배우이자 최대의 주제 의식은 이들이 사는 집, 코뮤날카 자체라고 해도 좋을 듯하다.

영화가 겨냥하고 있는 시대는 정확하게 말하자면 1950년대 말, 스탈린격하운동으로, 좌충우돌 개혁 무드로 소련 사회를 몰고 간, 그리고 동구권을 자유주의의 물결로 출렁이게 만든 흐루쇼프의 시대다. 러시아어에서 이른 봄의 눈 녹는 날씨를 가리키는 하나의 완결어는 '옷테펠Оттепель'이다. '해빙기'라는 한자어는 제법 고상하고 낭만적인 감흥을 불러일으킬지도 모르겠지만 영하 20~30도의 기온을 유지하며 완벽한 하나의 지층을 형성하고 있던 얼음이 녹아내리기 시작할 때의 흉물스러움이란 한 달 내내 홍수를 방불케 하는 물천지의 공포와 불편을 통과해야 한다는 것과 다르지 않다. 무소불위의 권력을 행사하는 전 부인에게 늙은 아이가 되어 감금당하고 마는, 그러나 코스차의 친구 모터사이클리스트 사브란스키의 도움으로 병원을 탈출하여 훨훨 하늘을 나는 (정확히 말한다면 하늘을 날기 전 그는 오토바이에서 내려지고, 하늘을 나는 것은 사브란스키 자신, 혹은 카메라의 눈을 빌린 관객이지만) 호보토프는 누가 보아도 무력한 지식인의 모습이다. 그렇다면 피가 뚝뚝 흐르는 스탈린 시기의 소련 그리고 고발자가 고발되는 일대 혼란 개혁기의 흐루쇼프 시기 소련을 대범하게 모두 형상화한, 이 영화가 만들어진 1980년대 초반은 어떤 시대였을까. 비록 소련의 아프가니스탄 침공에 항의하는 미국의 보이콧으로 서방 세계 국가들의 대거 불참이 결정되어 반쪽짜리 대회가 되긴 했지만 1980년 모스크바올림픽은 향상된 경제 지표와 막강한 군사력을 바탕으로 자신감에 차 있던 (감추어져 있던 다른 문제들이 불과 몇 년 안에 봇물 터지듯 쏟아져 내렸지만) 소련의 자화상이었다. 물론 이 영화의 내력을 따지자면 레오니드 조린의 희곡을 바탕으로 연출가 미하일 코자코프가 1974년 무대에 선보인 동명의 연극을 떠올려야 할

미하일 코자코프, 〈파크롭스키예 바로타〉, 1982

것이지만 영화화된 배경에는 80년대 초 소련의 분위기가 있었을 것이다.

그렇다면, 위태로워 보이지만 옳은 말도 곧잘 하는, 자유의지로 넘치는 인간형인 코스챠는 '눈 녹는 모스크바'를 상징하는 인물임에 분명하고 그러한 그를 향해 의심 어린 시선을 보내며 '못 믿을 놈'이라는 말을 반복해대는 아르카디의 태도는 모스크바 사령탑에 대한 착잡한 심정들을 떠올리게 한다. 한편, 아르카디의 입장은, 자유를 갈구하는 호보토프를 정신병원에 감금시키고 마는 마르가리타 파블로브나에 대한 두려움과 제2차 세계대전 참전 경력을 떠들고 다니지만 매우 미련스러워 보이는 사바 이그나티예비치의 모습 사이에서 긴장 관계를 유지하기도 한다.

저 헌 부부, 새 부부 삼총사는 연극계에서는 명배우들이었지만, 당시 영화계에서는 전혀 새로운 인물들이었다 하고, 벨류로프를 연기한 레오니드 브로네보이만이 명실상부 스타 반열에 오른 인물이었다고. 텔레비전 방영용 영화인 텔레필름으로 만들어진 당시의 반응은 여러모로 싸늘했다고 하는데, 거기에는 류다를 연기한 엘레나 코레네바가 미국인과 결혼해 미국행을 단행한 사건도 한몫했다고 전해진다.

코뮤날카는 흐루쇼프가 가구당 아파트 한 채씩을 선사하기 위해 조립식 패널로 지은 건물(이 시대에 지어진 건물은 싸구려 자재를 사용, 날림으로 지어졌다는 인상이 강해 '흐루쇼프카'라고 하면 견고하지 못한 건물을 상징할 정도다)이 등장하기 전까지 볼셰비키가 가족 수에 상관없이 기본적으로 가구당 하나의 방을 주어 생활하도록 한 공동 거주 공간, 사회주의식 기숙사 시설의 일종이다. 한 건물 안에 여러 채의 아파트가 존재한다면 그 한 호수의 아파트 안에서도 방마다 다른 가구가 모여 살았다는 의미다. 호수당 부엌과 화장실, 욕실은 공동으로 사용했고, 전화기가 놓여 있다면 그것 역시 공동이라 주로 복도에서 함께 사용하는 식이었다. 영화에서 보여지듯 코뮤날카 안에서 '가족'의 개념은 혈연에 의한 것이라 볼 수 없다. 알알이 홀로 선 개인들이 있을 뿐이고 심지어는 이혼한 부부가 바로 옆방에서 다시 붙어살면서 전 부인이 새 남편과 다른 곳에서 신혼살림을 꾸리려는데 그들은 전남편을 그들의 거처로 데려가려 한다. 정신 노동을 주로하는 전 부인과 전 남편의 지인들이 와서 이들 둘과 성향이 전혀 다른 기술자 새 남편과 그들이 '가족처럼' 화합하는 (물론 이것은 억지를 부리는 마르가리타 파블로브나의 논리에 따른 것으로 관객으로서는 한 편의 코미디처럼 보일 뿐이지만) 모습을 보고는 '브이소키예 아트노셰니야높은 차원의 관계'라며 입을 벌리고 할 말을 잊는다.

대배우 소피아 필랴브스카야가 연기하고 있는 코스차의 아주머니 알리사 비탈리예브나는 코뮤날카에서 예외적으로 방을 두 개 소유하고 있었다. 학생이 맞는지 의심스러울 정도로 연애질에 몰두하는 플레이보이 코스차를 있는 그대로 지지해주는 이 고매한 인격의 소유자는, 우아하게 꾸민 방에서 턴테이블 위에 지나간 노래가 담긴 레코드판을 올려놓고 소리에 귀를 기울인다거나 동그란 볼록렌즈를 안경처럼 덧씌워 화면을 크게 볼 수 있게 한 흑백 텔레비전으로 옛 영화들을 보며 여가를 보낸다. '지나간 모든 것은 아름답다'라고 말하는 듯한 그녀의 눈매는 걸출한 음유시인 불랏 오쿠자바의 명곡들로 인해 깊이를 더한다. 그리고 그 시선을 이어받는 것은 많은 것이 '대규모'에 '현대적'인 것으로 가득 찬 모스크바를 한 바퀴 돌아, 철거되고 있는 옛 코뮤날카를 현장에서 목격하고 있는 나이 든 코스차다. 영화의 배경보다 좀 더 앞서있기는 하지만 모스크바를 방문했던 발터 벤야민이 『모스크바 일기』라는 체류기를 바탕으로 잡지에 기고한 글 「모스크바」에 나타난 이 집단 거주 형태는 대략 이렇다.

볼셰비즘은 사적인 삶을 폐지했다. 관청, 정치 기관, 언론들은 그들의 관심에 부합하지 않는 것에 대해선 조금의 시간도 내지 못하게 할 만큼 강력한 권력을 행사한다. 마찬가지로 공간 역시 남아있지 않다. 이전엔 한 가족이 살던 다섯 개에서 여덟 개의 방이 있는 집에 지금은 여덟 가족이 사는 경우도 허다하다. 복도 문을 열면 작은 도심에 들어서게 된다. 아니 물건 집하장으로 들어서게 되는 경우가 더 많다. (…중략…) 그들이 사는 장소는 사무실과 클럽, 그리고 거리다. 동원 태세를 갖춘 공무원 부대들은 여기선 그저 지원 부대로밖에 볼 수 없다. 모든 시민에겐 법에 따라 13제곱미터의 주거 면적만 배당되어 있다. 집세는 세입자의 봉급에 따라 정해진다. 국가는 동일한 주거 면적에 대해 실직자에게는 매달 1루블을 청구하고,

더 잘사는 이들에게는 60루블 아니면 더 많은 돈을 청구한다. 지정된 주거 면적보다 넓은 공간이 필요한 사람에겐 그에 대한 직업적 근거를 대지 못하면 몇 배의 집세가 부과된다. (…중략…) 이러한 환경 속에선 집단 공동체 내에서 무엇인가를 해내는 역할 말고는 아무것도 중요하지 않다.

전혀 다른 세계를 관찰하는 외국인의 입장이었기에 이러한 기준이라든가 근거를 건조하게 기술하게 되었으리라 짐작한다. 그러나 정작 코뮤날카를 통과해 지나온 경험자들의 한결같은 증언은 바로 이것이다. "아침, 저녁으로 화장실과 욕실 앞에서 줄 서야 하는 40분 이상의 지옥 같은 시간들! 오, 주님!"

〈운명의 아이러니 또는 시원하시겠습니다〉라는, 번역한다면 다소 괴상하게 들릴 단어의 조합으로 된 영화의 제목은 특징 없이 똑같이 지어진 아파트 건물과 러시아인들의 사우나를 즐기는 문화를 소재로 한다. 앞선 영화가 1950년대 코뮤날카를 배경으로 했다면 영화 〈이로니아 수지브이〉는 흐루쇼프식 패널 건물 시대를 지나 1970년대 브레즈네프식 성냥갑 건물 시대를 비춘다. 1971년 〈어느 새해 첫날 밤에 생긴 일〉이라는 연극에 기대어 1976년 정초 모스필름에서 역시 텔레필름으로 선보인 이 영화의 줄거리는 다음과 같다.

먼저 경쾌한 음악과 함께 단순한 선으로 표현된 짧은 애니메이션이 등장한다. 건축가가 다양한 아이디어로 조화로운

엘다르 라자노프, 〈운명의 아이러니 또는 시원하시겠습니다〉, 1976

장식적 요소들을 섞어 설계도를 완성해 해당 기관의 허가를 받으려 하는데 번번이 당국에서 불가 판정을 내린다. 독특한 지붕과 열주가 제거되고 다음엔 발코니가 모조리 삭제된다. 결국 설계도에 남은 그림은 네모반듯한 특색 없는 건물. 효율과 기능성이 우선되는 건축 현장에서는 옆에 지었던 건물과 똑같은 건물들이 복제되는 형태로 거리마다 도시마다 (심지어 바닷가 휴양지와 스키점프대가 있는 겨울 휴양지, 낙타들이 줄지은 사막까지도) 땅에서 건물들이 하나씩 솟아나면서 결국 온 지구가 똑같은 건물들로 대동단결을 이룬다.

이어지는 실제 촬영분의 영상은 눈 오는 모스크바의 거리에서 시민들이 분주하게 새해를 준비하는 들뜬 분위기를 비춘다. 외과 의사 제냐는 노총각으로 노모와 함께 모스크바 스트로이텔레이 3가 25번지 12호에 사는데 갈랴라는 약혼녀가 있으며 결혼에 대해 약간은 겁먹은 듯한 소극적인 자세 때문에 갈랴의 주도로 (또 노모의 협조로) 송구영신의 순간을 피앙세와 같이 자기 아파트에서 보내기로 약속한다. 제냐에게는 배꼽 친구 세 명이 있는데 이들은 매해 마지막 날 건식사우나에서 몸을 씻으며 우정을 다지는 연례 행사를 갖는다. 곧 결혼하게 될 코스차를 축하하며 사우나에서 맥주에 보드카까지 섞어 마신 이들은 만취 상태에 이르고 그날 저녁 무슨 일을 각자가 계획했던가를 완전히 잊고 횡설수설하던 차에 애초 레닌그라드지금의상트페테르부르크로 출장을 떠날 예정이었던 친구 파블릭 대신 제냐를 비행기에 태워 보낸다. 그리고 제냐는 레닌그라드에 도착해 역시 만취 상태로 택시를 탄 다음, (당연히 모스크바인 줄 알고) 자기 집 주소를 택시 기사에게 중얼거린다. 그는 1층 현관으로 들어가 엘리베이터에서 같은 층수 버튼을 누르고 자기 가방에 있던 집 열쇠로 역시 같은 호수의 아파트 문을 열고 들어가 잠에 빠져든다. 두 집의 구조는 놀랍도록 똑같다!

잠시 후 그 집 문을 열고 들어온 여인의 이름은 나쟈, 레닌그라드 스트로이텔레이 3가 25번지 12호에 사는 집주인이다. 나이가 적지 않은 미혼의 러시아어 선생인 그녀 역시 노모와 함께 사는데 공교롭게도 그 노모 역시 딸의 결혼 상대자와 딸의 오붓한 시간을 위해 친구 집에서 새해를 보내기로 되어 있다. 이제 곧 도착할 약혼자 이폴리트를 위해 옷을 갈아입고 상을 차리려던 찰나 자신의 침대에 쓰러져 잠든 제냐를 발견한다. 제냐가 사태를 파악하기까지, 그러니까 제냐가 술이 확 깨기까지 한참의 실랑이가 펼쳐지고 예상하다시피 이폴리트가 들이닥쳐 둘 사이를 의심하고 뛰쳐나간다. 한편, 제냐를 목 빠지게 기다리다가 레닌그라드에서 걸려 온 제냐의 전화를 받고 그의 변명을 들은 즉시 다른 여자가 생긴 거냐며 그를 의심하는 갈랴가 카메라에 비추는 사이 (그렇다. 제냐는 전에도 결혼을 약속한 여자를 피해 그 중압감을 견디지 못하고 레닌그라드로 도망쳐버린 적이 있었다고 바로 전날 갈랴에게 바보같이 고백하고 말았던 것) 엎치락뒤치락하는 가운데 서로의 매력을 알아본 둘이 이야기를 나누고 노래를 들려주다 새해가 밝고, 제냐는 모스크바로 돌아가지만 나쟈 역시 그를 뒤쫓아가서 둘이 재회하게 된다는 내용이다.

230

영화 전반부에 파블릭의 나레이션을 통해 풍자되듯, 소비에트 어느 도시나 체료무슈키구가 있고 파브리츠나야 1가가 있고 로케트 극장이 있다. 영화에서처럼 하필 같은 주소의 모스크바와 레닌그라드의 아파트가 열쇠 구멍까지 똑같이 생겼다는 설정에는 무리가 있을지 모르지만, 소비에트연방이 무너지고 무수한 거리명이 혁명 전의 이름으로 되돌려진 지금까지도 러시아와 벨라루스 수많은 도시엔 여전히 10월혁명광장이 있고, 레닌과 코뮤니스트 거리가 있으며, 엄격하게 자로 잰 듯 일정한 간격으로 나란히 줄 세워진 10층짜리, 15층짜리 건물들이 셀 수 없이 많다. 영혼 없이 획일화된 소비에트의 도시 풍경을 빗대려는 것이 분명한 이 영화에 불편한 심기를 드러낸 당국에 감독은 '강제성에 대한 항의보다는 우연성에 바탕을 둔 삶에 대한 기대'라고 보아달라며 읍소했다고 한다.

극 중 소개되는 주옥같은 노래들의 노랫말은 보리스 파스테르나크, 마리나 츠베타예바, 벨라 아흐마둘리나, 예브게니 예브투셴코의 시들이다. 이 노래들은 세르게이 니키틴과 알라 푸가초바가 불러 노래만 따로 놓고 보아도 부족함이 없을 정도로 아름답다. 러시아에서는 매년 연말, 특히 말일이 되면 늦은 저녁 시간대에 빠지지 않고 TV 프로그램 편성표에 들어갈 만큼 사랑받고 있는 영화로, 그 인기에 힘입어 2007년에는 속편이 제작되기도 했다. 프랑스영화 〈남과 여〉처럼 이들의 30여 년 후를 그렸다.

타르코프스키가 『죄와 벌』을 읽으면서 남긴 메모 중에 이런 구절이 있다.

사회주의란 언젠가 한번 인간의 삶을 통제하려는 절망적인 시도이다. 사회주의는 인간의 삶을 전제정치를 통해서 통제한다. 그리고는 바로 그것이 자유라고 주장한다.

그런가 하면 1972년 1월의 일기에는 〈솔라리스〉 제작을 둘러싸고 당중앙위원회와 모스필름 이사회 등등에서 보내온 지적 사항 35개 항목을 나열하며 "이 한심하고 부조리하기 짝이 없는 지적 사항들을 모조리 고려한다면 영화를 완전히 망치게 될 것"이라 한탄하는 대목이 나온다. 애니메이션 속 건축가와 똑같은 상황에 봉착해 있는 그의 모습이다. 그렇다면 저 끔찍한 통제의 시대를 매해의 시작 지점에서 추억하고 기념하는, 21세기 자본주의 시대를 사는 러시아인들이 기대하는 바는 무엇일까? 기계 장치 같은 삶에서도 의미 있는 사적 관계들은 얼마든지 형성되고 발전되어간다고 선전하고자 했던 당국의 의지에 눈먼 지지를 보내고자 하는 바는 물론 아닐 것이다. 브레즈네프 시대는 군사력 증강에 따른 비용 지출이 극에 달한 시기였고 그에 따라 경제 성장률은 하강 곡선을 달렸으나 서방 세계와의 세력 대결이나 사회 안정도 면에서 보자면 소연방 주민으로서 살아가기에는 나쁘지 않은 시대였다. 지나간 모든 것은 아름답게 기억되고, 우여곡절 속에서도 거기엔 사람이 살고 있었다는 나이브한 노스탤지어의 감정일지도 모를 일이다. 엄격한 평등주의가 이내 그리워질 만큼 가혹한 자본의 전쟁터에 내던져진 사람들이 몰개성의 시대에서 어떤 로맨스를 취하려 하는지도.

〈파크롭스키예 바로타〉의 호보토프를 태운 사브란스키의 바이크와 〈이로니아 수지브이〉의 나샤를 태운 새해 첫날의 택시는 약속이나 한 듯이 영화 마지막에 각자의 꿈의 도시 모스크바와 레닌그라드를 살뜰하고 친절하게 하나하나 살펴준다. 그러니 모스크바와 상트페테르부르크로의 여행을 계획하고 있다면 위의 두 영화를 가볍게 한번 돌려보는 것으로도 현지인들의 애정 어린 장소들이 어디인지 어렵지 않게 짐작할 수 있으리라.

개미집 코뮤날카, 높은 천정과 두꺼운 벽의 견고한 성 스탈린스키돔, 패널식 부실 공사의 대명사 흐루쇼프카, 멋이라고는 없는 성냥갑 건물 브레즈네프스키돔이 시대별 얼굴로 기록되어 온 사이, 그 건물들이 일부 헐린 자리에 90년대 이후 고급 고층 아파트들이 들어서고 있다. 엘리트니돔^{엘리트형 빌딩}이라 불리는 고급 아파트는 주위로부터 격리되어 성곽화한다는 특징을 지닌다. 도시 전체의 경관과는 거의 상관없이 전문 경비 업체의 도움을 받아 사적 안락에 치중할 뿐인데, 이는 건물이 가진 이념성과 상징성을 설계의 최우선 고려 사항으로 두었던 스탈린식 건축물과는 정반대의 대척점에 있을 뿐만 아니라 우선 싼 자재로 더 많은 사람에게 각자의 집을 제공하자며 우후

죽순처럼 들어섰던 흐루쇼프카나 몰개성이 강요되었던 브레즈네프 시대의 집을 짓기 위해 가장 먼저 고려되었던 기능성과 실용성과도 완전히 차원이 다른, 이른바 '드러내놓고 표현되는 욕망'인 셈이다. 그러나 이 시대의 유사 귀족은 귀족 놀이만 할 뿐, 전승해야 할 가치를 분간할 형편이 되지 못한다. 그것은 기껏해야 값비싼 물건들을 욕망하고 소유하는 형태로 대체될 뿐이다. 철학자 블라디미르 솔로비요프가 '미래의 사람이 되고 싶거든 남루한 폐허의 고향 신들을 잊지 말고, 과거의 짐을 스스로 지고 앞으로 나아가라'고 한 것은 과거의 세대가 응시했던 생의 본질적 문제와의 싸움을 이어받으라는 당부이면서 시대를 관통하는 가치를 발견하는 일에 공동체의 운명이 달려 있다는 충고이기도 하다.

변혁의 불씨

'다만'이라는 말을 자주 등장시키는 사람이 있다. 한 문장을 말하고 나면 다음 문장을 항시 '다만'으로 시작하는 그런 사람. 단정한 다음 그것이 단정이라는 인상을 주고 싶지 않은 그런 사람. 늘 퇴로를 즉각 마련해 놓는 그런 사람. '물론'이라는 말을 덧붙이면서 앞 문장에서 미처 생각지 못한 예외적 상황에 대해 부연 설명하는 사람도 있다. 그러나 방점은 늘 앞 문장에 가서 찍힌다.

요즘 관리인 히메나가 집에 자주 드나든다. 그녀는 마드리드에 사는 집 소유주인 건축가 부부를 대신해 카라카스에 있는 이 집의 모든 것을 관리한다. 7년 전, 역시 건축가였던 남편과 사별했고 50대 중반쯤 되었는데 친정 부모와 남편으로부터 받은 아파트와 별장을 가지고 있고 부동산 소개업으로 일상을 또 살아간다. 맡은 집들을 수리하고 세를 주고 사후 서비스까지 한다. 작고 단단한 체구에 표정은 늘 밝고 생기가 넘친다. 그녀가 자주 쓰는 말은 Entonces^{그러면}. 서둘러 결론 내리는 말. 이 집은 복층 구조에 꽤 넓은 테라스가 있어 겉보기엔 멀쩡한 집이다. 그러나 다른 카라카스의 집들과 마찬가지로 지은 지 오래된 데다 꽤 긴 기간 동안 세입자를 들이지 못하고 비워놓았던 집이라 손볼 곳이 많은데 우리의 일상적인 불평이 쏟아질 때마다 그녀는 문제에 즉각 반응하고 대책을 생각해 보겠다고 한다. 그러나 문제가쉽게 해결되진 않는다. 그 대책이란 것이 미봉책이기 쉽고 실행을 결심한다 해도 다음 주에 되든 한 달 후에 되든 크게 상관없기 때문에, 애쓴다고 기일 안에 해결되지 않으리라 거의 확신하기 때문에. 신속한 대책 마련 뒤에 신속한 체념이 이어지기 때문에. 그렇게 심신의 리듬을 규칙적으로 맞추면서 문제 있는 일상이 가늘고 길게 이어진다. 그런 히메나도 주요 시위에는 늘 참석한다. 야당 지지자들이 마련하는 반정부 시위다.

모스크바 마리아 울리야노바에 있던 15년 전 나의 셋집을 떠올린다. 나탈리야 예브게니예브나는 긴 방 하나와 정사각형 방 하나, 욕실과 부엌이 딸린 (좁은 복도로 연결된 소련식 아파트에는 거실이 따로 없다. 긴 방을 거실로 쓰면 그만이다) 작은 아파트가 가진 것의 전부인 40대 후반의 여자였다. 십 년 전쯤 남편을 잃었고 역시 체구가 자그마했다. 표정은 단순하고 건조했다. 그녀는 자주 고스빠지!^{주어 1}를 중얼거리며 깊은 신음을 내뱉었다. 욕조에 물이 잘 안 내려간다고 해도 고스빠지, 세탁기에서 물이 샌다고 해도 고스빠지. 그녀의 작은 기쁨 중 하나는 고등학교 졸업반인 아들의 장학금 수혜 소식이었는데 그 소식을 나에게 전하면서도 그랬다. 고스빠지. 그럴 땐 겨우 조금 웃었다. 웃는 방법을 모르는 사람처럼. 그 아파트는 작고 오래되었지

만 단단하게 잘 지어졌고 그녀는 그 집을 꼼꼼히 손보았다. 문제가 생기면 아무것도 일단 약속하지 않았다. 미간을 찡그리며 고스빠지, 했지만 늘 재료를 사다 나르며 대체로 며칠 만에 문제를 해결해 놓았다. 그래도 얼굴은 어딘지 늘 어두웠다. 상처받은 얼굴을 그리라면 얼른 떠올릴 수 있을 만한 얼굴이었다.

매일 시위가 있는 곳을 상상할 수 있나? 카라카스가 그렇다. 그러나 변혁이라면? 히메나의 눈에 없는 그것이 나탈리야의 미간에는 있었던 것도 같다. 그 차이가 고통의 크기인지, 울분의 농도인지는 모르겠지만.

혁명이 낳은 신산함

쿠바에 도착한 지 엿새 만에 드디어 인터넷에 접속했다. 인터넷 없는 세상은 생각보다 썩 괜찮다. 그러나 온라인에서만 만날 수 있는 사람들에게 온라인으로만 전할 수 있는 소식이 있어 틈만 나면 기회를 엿보다 기어이 접속하고야 말았으니 결국 썩 괜찮다는 말은 거짓 고백인지도 모른다. 어떤 공원의 어떤 기둥 밑, 사람들이 바글바글 모인 곳, 그곳이 신호가 잡히는 곳이다. 물론 기나긴 줄을 참아내고 통신 카드를 손에 넣는 게 먼저다. 아바나의 첫 숙소 주인 비올레타에게 공항 픽업 차량을 부탁했더니 코발트블루 클래식카가 주문자의 이름을 달고 마중을 나왔다. 민트색 하늘과 윤기 나는 야자수 배경에 비현실적으로 주차된 클래식카에 L자로 몸을 구겨 넣으니(승차감이 썩 좋지는 않다) 생산된 지 60년도 넘는 차 내외부의 수리 상태가 비교적 양호하다는 것만은 확실히 알겠다. 물자 부족 때문에 빚어진 일이지만 이렇게 내내 사용할 수 있는 물건을 요즘엔 너무 빨리 갈아치운다는 반성이 절로 나온다. 집진 장치도 최상의 상태를 유지할 수 있을지 그건 또 걱정되지만. 거리는 그로테스크한 면이 있고, 혁명의 뒷모습은 서늘하고 목마른 우물 같다.

아바나 비에하올드타운 내 산타클라라수도원 학교가 내려다보이는 비올레타의 집이다. 창문 위로 올리는 쿠바식 스테인드글라스 메디오 푼토Medio punto는 본래 반달 모양이지만 비올레타의 집엔 각진 모양으로 변형되어 있다. 이 거리엔 한 집 건너 한 집이 공사 중이다. 모두 여행객을 위한 숙소 카사 파르티쿨라르Casa particular로 활용될 것으로 보인다. 물론 주택의 매매가 가능해진 덕에 부동산 가치를 높이려는 경우도 있을 것이다. 라울 카스트로 집권 이후 사회 전반에 개방 무드가 한창이다. 카사 파르티쿨라르란 쿠바의 홈스테이다. 본래 카사란 개인 주택을 말하는 단어지만, 쿠바 정부가 쿠바인들에게 집이나 아파트의 방을 관광객에 임대하는 것을 허용한 1997년부터 개인 숙박 시설을 가리키는 말이 되었다. 호텔 같은 유료 숙박 시설이 전부 정부 소유이기 때문에 개인에게 수입원을 허락하는 이런 형태의 숙박 시설에 "특별한 주택"이라는 말이 붙은 것이라 할 수 있다. 역사 지구 내에 있는 외견상 근사하고 헤밍웨이니 누구니 하는 인물들이 묵었다는 암보스 문도스Ambos Mundos, 두 세계 같은 역사적인 호텔들이 실은 상당히 낡은 데다가 숙박비도 매우 비싸서 이런 "특별한 주택"의 존재는 수입을 올리려는 아바나 시민뿐만 아니라 여행자에게도 현실적인 대안이 된다. 사실 내게는 대안 이상이다. 현지인의 살림살이 구경이 제일이니까.

아바나의 시작은 정복자 디에고 벨라스케스가 1514년 쿠바섬의 남쪽에 거주지를 세우면서다. 아바나는 1553년 쿠바 총독령의 수도가 되었고 스페인의 신대륙 식민지 경영의 중심지로 발전했다. 다른 식민 경영 국가들의 침입과 해적질로부터 이권을 지키기 위해 요새를 두루 건설했고 1762년 스페인군이 영국군에 항복하면서 영국의 지배하에 자유무역항이 되어 아프리카 노예가 영국 상인에 의해 대거 아바나로 끌려왔다. 1763년 스페인과 영국 사이의 협정으로 영국은 쿠바와 마닐라를 반환하고 플로리다를 받았다. 아이티 혁명 이후 망명한 프랑스 농장주들로부터 사탕수수 재배 기술이 도입되었고, 이후 관련 산업이 확대되었다. 1810년대 라틴아메리카의 독립운동이 하나의 경향성을 띠면서 겁에 질린 스페인 당국은 아바나를 완전한 자유무역항으로 전환했다. 미국 자본의 잠식이 심각한 수준으로 번져갔고 스페인으로부터 독립한 이후 이러한 움직임은 더욱 가속화되었다. 금주법의 시대에 아바나는 미국인들이 향락을 찾는 대안이었고 이들의 별장과 클럽, 카지노로 가득 찼다. 그리고 1959년의 쿠바혁명의 성공으로 이들 시설 대부분은 국영화되었다.

아바나시는 동쪽의 구시가지와 서쪽의 신시가지로 나뉘고 그 중심에 호세 마르티 혁명 광장이 있다. 쿠바에 저항 정신을 일깨우고 독립을 염원했던 시인의 동상이 순백의 모습으로 자리한다. 건너편 내무성과 통신성 건물에는 이 나라의 또 다른 주요 인물 두 사람이 벽면에 새겨져 있다. 체 게바라와 시엔

푸에고스다. 혁명의 정신과 혁명의 전사들과 인사를 나누고서 찾은 곳은 혁명 박물관이다. 공화국 선포 이후 바티스타 정권에 이르기까지 대통령궁으로 사용되던 화려한 건물로 혁명 이후엔 박물관이 되었다. 체 게바라와 시엔푸에고스, 카스트로의 활약상이 사료와 함께 자세히 언급되어 있다. 극적인 상륙 작전인 야떼 그란마Yate Granma 에피소드와 이후의 게릴라 전투 이야기는 인간의 생존 조건에 대한 근본적 질문을 던지게 하지만 대부분의 전시는 혁명 이후 국가 발전의 부진한 성과를 정당화하기 위한 프로파간다로 채워져 '정치 박물관'의 한계를 보여주는 면이 있다.

그보다는 이후 둘러본 국립 미술관Museo Nacional de Bellas Artes이 인상적이었다. 꽤 규모 있으면서도 짜임새 있는 구성이 돋보이는 전시 공간이다. 새로운 카리브 작가들을 알게 되어 반가웠다. 쿠바인의 오랜 정체성 탐구의 시간을 되짚어보는 기회도 되었다. 사탕수수와 타바코 플랜테이션, 노예 무역에 기반한 오랜 스페인 식민 통치의 흔적들, 그로 인해 생긴 인종, 문화, 종교적 다양성의 폭발, 다시 이어지는 미국식 유사 식민지화, 마침내 그란마호 상륙으로 시작되는 쿠바혁명과 미국발 제재로 인한 고립의 시대가 빚어낸 풍경들, 그리고 라울 카스트로식 수정주의까지. 이번 여행의 몇 안 되는 쇼핑 품목 중 하나는 쿠반 나이브 아트의 재간둥이 마누엘 멘디베Manuel Mendive의 도록이다. 그는 아프리카에 연원을 둔 쿠바문화를 환기하며 꿈과 의식을 통해 나타나는 영혼의 문제를 탐구한다. 그는 요루

바, 만딩가 등 아프리카 부족 출신들이 스페인계와 혼혈을 이룬 것이 현재 자신의 모습이라면서 쿠바의 종교 또한 아프리카 무속과 가톨리시즘이 섞여 들어간 혼합 종교의 모습을 띤다고 말한다. 예술가란 일종의 샤먼이라면서 실제로 구도자처럼 산다. 그 외에 쿠바 미술에서 가장 익숙한 이름이자 전시장 중심을 차지하는 인물은 큐비즘의 대가로 추앙되는 윌프레도 람(Wilfredo Lam, 1902 ~ 1982)이다. 사실 람이야말로 아프리카 출신 쿠바인들의 혼과 정서를 담아내고자 애쓴 화가다. 아버지는 중국 출신 이주민이었고 어머니는 콩고 출신 노예와 물라토 쿠바인 사이에서 태어났다. 람은 어린 시절부터 아프리카 제례와 주술 문화가 가톨릭과 결합한 쿠바의 독특한 종교인 산테리아의 영향을 깊게 받았고 이는 이후 그의 작품 활동에도 영향을 미쳤다. 아바나에서의 법학 공부를 때려치우고 마드리드로 떠난 그는 살바도르 달리의 스승이었던 소토마요르를 사사하고 쿠바의 원시적 아름다움을 유럽적 구도 안에서 재구성하는 가능성을 키우게 된다. 스페인 내전에 참전해 공화파를 위한 예술적 지원 활동에 열정적이기도 했고, 이때의 인연으로 피카소에게 소개된 그는 파리에서 피카소와 만나고 그 영향을 받는다. 초현실주의에도 가담하여 1940년에는 앙드레 브르통의 책에 삽화를 그리기도 했다. 람은 파리와 뉴욕에서 전시 기회를 얻고 폭발적인 반응을 얻는다. 이후 쿠바로 돌아간 그는 카스트로 지지를 선언했다. 스스로 트로이의 목마가 되어 착취자의 꿈을 무너뜨리며 그들에게 침을 뱉겠다고 말하기도 했다고. 그의 그

림들엔 적도의 정글, 우거진 수목 속에서 몸을 감췄다가 으스
스하게 스스로를 드러내는 생명체들이 우글거린다.

　　외부인의 눈에 아바나는 거대한 폐허다. 혁명의 성공에
연이은 미국의 경제봉쇄로 고립의 세월이 얼마던가. 변변한 자
원이랄 것도 없는 (그렇다. 베네수엘라에 넘쳐나는 석유가 여기엔 없
다. 100% 베네수엘라에서 들여온다) 쿠바의 자력갱생 60년이 건물마
다 켜켜이 내려앉았다. 스페인 식민지풍 건물은 무너지고 벗겨
졌는데 그 위로 카리브 라틴식 색채감이 더해졌다. 때때로 미
국식 인더스트리얼리즘의 영향, 팝아트적 요소, 소련 기능주의
영향이 드러나기도 한다. 낡디낡은 외부에 비해 내부는 여전히
기능에 문제가 없는데 예상외로 정리 상태도 양호하다. 에클렉
틱한 모순의 아름다움이 있다. 거기에는 끝없는 고립감, 물자

부족과 싸워왔을 쿠바인들의 고난을 떠올릴 때 눈물겨운 면이 있다. 길고 긴 방파제 말레콘에 걸터앉아 쿠바의 콜라인 뚜꼴라TuKola를 마시고 보르헤스나 네루다를 비롯한 유명 외지인들이 즐겨 찾았다는 라 보데기타 델 메디오La Bodeguita del Medio에서 민트 종류인 이예르바 부에나를 짓이겨 넣은 모히토를 마시고, 또 아바나를 찾은 사람들이 기대할지 지긋지긋해할지 모를, 아무튼 그런 이름인 헤밍웨이가 스트레이트로 열몇 잔씩 마셨다는 엘 플로리티타El Floridita의 얼음 낀 다이키리를 마시고 밤이면 부에나비스타 소셜클럽의 극장 공연에 갔다가 해 반짝 떠오른 아침이면 헤밍웨이가 『노인과 바다』를 썼다는 것 때문에 유명해진 바닷가 마을 코히마르에 가서 해산물 수프 한 그릇을 먹는 것, 이 모든 것을 압도하는 순간이 저 거대한 폐허 가운데서 쏟아져 내린다. 식민 시대의 장식과 굴종이, 혁명 시대의 실용과 절박이 이 골목에서 저 골목으로.

시가를 운동화와

승합 버스에 올라탔다. 자리에 사람이 다 찰 때까지 기다
렸다가 떠나기 때문에 언제 출발할지는 아무도 모른다. 두 자
리가 남아 있었지만 1시간 반쯤 기다려 차는 출발했다. 지방 도
로로 나가기까지 주거 지역 두 군데를 들러 한 명씩 승객을 더
태웠다. 어떤 가게에 줄이 아주 길게 늘어선 것을 보고 유리창
에 쓰인 메모를 보려고 했지만 차는 재빨리 지나갔다. 운전사
옆에 앉은 조수에게 물었다. 저긴 무슨 가게인데 사람이 저리
많아? 아, 달걀이랑 식용유. 늘 있는 게 아니라서 그래. 베네수
엘라와 상황이 매우 비슷했다. 그럼 주유는 도대체 어떻게 해?
베네수엘라에서 기름을 제대로 못 들여올 텐데. 아, 그래서 전
쟁이 따로 없지. 그래도 암시장은 늘 돌아가니까. 물론 돈은 더
줘야 하지. (베네수엘라는 쿠바에 무상으로 원유를 공급해 왔다. 그때도
주유가 공짜는 아니었다고) 등도 제대로 펴지 못한 채로 여섯 시간
넘게 달려 쿠바 식민 시대의 번성한 도시 트리니다드에 도착
했다. 삼백 킬로미터 조금 넘는 거리니만큼 네 시간 정도면 도
착할 줄 알았지만 도로 사정이나 차량의 상태를 고려하면 그

시간에 도착한 것도 장한 수준이다.

카사 도냐 라모니타. 베네수엘라에서 하는 카드 결제는 받아주질 않아서 한국의 동생에게 부탁해 숙소 예약 플랫폼에서 예약한 트리니다드의 카사 파르티쿨라르. 그러나 허리 꼬부라진 채로 내린 나를 맞이한 것은 빈방 없음. 왜? 트리니다드의 열악한 인터넷 사정과 라모나 부인의 관성(즉 신문물에 대한 두려움과 무지) 등으로 이곳은 전화로 거의 모든 예약 절차가 진행되고 있었다. 아무리 플랫폼을 통해 예약했어도 그 서비스와 연결된 에이전시에서 유선으로 라모니타 부인에게 통보한 후에야 비로소 예약이 확정되는 시스템. 즉, 에이전시에서 전화를 안 해줘서 몰랐다는 것. 방이 오늘은 없고 내일은 있어. 80대의 라모니타 부인은 안타까워했고 민망해했으며 하룻밤 신세질 다른 집을 소개해 주었고, 다음날 일찍부터 당신 집에서 식사할 수 있도록 배려해 주었다. 당뇨가 있어서 과자에 파파야 잼을 맘껏 발라먹을 수 없지만, 너희들은 젊으니 많이 먹어, 하면서. 집에 가서 충분히 뛰면 되지 않겠어, 하면서. 부인의 정원에서 우리는 미네스트로네와 파르고 구이를 먹었다. 예약 플랫폼에서 숙박비를 제대로 받을지 어떨지 모르는 상황에서 자기 집에 온 손님이니 무조건 재워야 한다는 놀라운 환대를 보여준 라모나 부인. 스페니쉬 콜로니얼 고도 트리니다드의 무던한 돌길은 도냐 라모나와 한 얼굴이다.

트리니다드는 사탕수수와 노예무역으로 번성했던 도시, 그래서 17~19세기의 식민 시대 저택들이 기이한 형태로 보존

되어 있고 그것이 방문자의 전체적인 인상을 지배한다. 기이함은 혼합주의에서 기인한다. 화려한 식민지 시대의 저택과 교회가 아프리카의 원시적 색감을 입고 덧칠에 덧칠을 거듭했다. 도저히 빨리 걸을 수 없는 자갈길 또한 시간 여행자가 되게 하는 완벽한 장치다. 스페인 문화권의 다른 도시들과 마찬가지로 중심은 마요르 광장인데 화려한 저택들이 이 주위에 전부 몰려있다. 이탈리아산 대리석 바닥이 장식 열주를 받치고 선 가운데 오픈 구조로 웅장함을 더하는 팔라시오 칸테로Palacio Cantero는 지역 역사 박물관 이름표를 달고서 사탕수수 플랜테이션과 노예 매매의 역사를 한눈에 보여준다. 팔라시오 브루넷Palacio Brunet은 독특한 황색 색채 때문에 한층 눈에 띄는데 당대 최고 부유 가문의 집인 만큼 값비싼 유리와 도자기 제품, 낭만주의 시대의 회화와 골동품 가구들로 가득 차 있다. 건물 자체로 가장 흥미로운 저택은 식민주의 건축 박물관으로 쓰이고 있는 산체스 이즈나가Sanchez Iznaga 저택인데 18세기의 파란색 건물 두 채로 구성되어 있고 세부 장식이 무척 아름답다. 혁명과 반혁명의 투쟁사를 다루는 역사 박물관Museo Nacional de Lucha Contra Bandidos은 본래 프란치스코회에서 세운 수녀원이었다. 선명한 노란색과 초록색의 종루가 묵묵히 소리를 울리고 있는 곳. 알데만 오티스의 집Casa de Aldeman Ortiz은 노예 상인이자 트리니다드 시장이었던 오르티스 데 주니가Ortiz de Zuniga의 집이다. 현재는 예술 학교와 갤러리로 사용된다. 이 모든 풍요의 딱지들 밑, 그 진피층에는 바예 데 로스 인헤니오스Valle de los Ingenios의 사탕수수밭과

관련 가공 시설들을 돌보았던 아프리카 출신 노예들의 눈물과 고통이 스며있다.

　이런 역사 유산들보다 훨씬 더 생생한 쿠바를 느낄 수 있는 곳이 있었다. 그것이 과거형일 뿐만 아니라 현재형이기 때문이다. 저택들이 있는 돌길을 걷다 우연히 들어가게 되었던, 카사라고 불리는 사원에서 보았던 그것, 바로 산테리아^{Santería} 신앙이다. 산테리아란 '성인 숭상'을 의미하는 만큼 숭배되는 성인이 누구인가가 중요한 문제가 된다. 카리브제도에 끌려온 요루바족의 종교가 가톨릭 신앙과 토착 원주민 신앙의 영향을 받아 혼합되면서 탄생했는데, 전통 신앙의 대상을 식민 통치의 종교였던 가톨릭에서도 유지하기 위해 천주교 성인과 일치시키면서 그로테스크해졌다. 전통적인 요루바신으로부터 그들의 이름과 속성을 따와서 로마 가톨릭 성인에 대입하면서 '오리차 _{oricha}'라는 다신교적 개념을 병치시켰다. 즉, 각각의 인간은 자신의 개성에 영향을 미치는 특정한 오리차와 개인적으로 관계를 맺는다는 것. 노동자 계급인 아프로 쿠반 사회에서 가장 강세를 보이며, 식민 지배에서 벗어난 이후에는 가톨릭 성인의 얼굴로 덧씌웠던 마스크를 걷어내고 요루바 부족적 색채를 노출하는 경향성을 보인다.

　아바나로 돌아오는 길에 바닷가 휴양단지인 바라데로에 들렀다. 바닷가에서 음료수를 나르는 일을 하던 남자가 다가와 물었다. 럼 살래? 시가 안 필요해? (외국인이 구매할 수 있는 럼과 시가의 수량은 제한되어 있다.) 내가 고개를 저어도 그는 계속해서 말을 이었다. 돈은 필요 없어. 네가 지금 신고 있는 것 같은 슬리퍼 여분 더 없어? 운동화 같은 거라도. 지금 당장 없으면 나중에 우편으로 보내주는 방법도 있어. 아, 물자 부족의 나라여. 나는 베네수엘라에서 왔도다.

불법이라던 곳

북키프로스에서 생긴 일

그리스에서도 사람들은 출발 직전까지 우리에게 주의 주는 것을 잊지 않았다. "왕들의 무덤이 있는 파포스라든가 아프로디테의 탄생지라는 페트라 투 로미우, 쿠리온 유적지, 성채가 있는 리마솔 정도 감상하며 어디까지나 남쪽에만 머무는게 좋아요. 북쪽으로 가봐야 도둑들만 들끓고 무법천지라니까요." 트루도스 산지의 아름다운 산골 교회까지 여유 있게 둘러본 우리는 그래도 다른 한쪽을 완전히 무시할 수는 없고 오히려 호기심이 발동하여 파마구스타를 통해 살라미스 유적에 발을 들여놓는 것을 시작으로 저 튀르키예인들의 땅을 둘러보기로 했다.

키프로스 또는 사이프러스라고 불리는 이 지역의 문제는 가볍지 않다. 제2차 세계대전 종전 이후 전체 인구의 78%에 해당하는 그리스계와 18%에 해당하는 튀르키예계 사이의 갈등을 부추긴 것은 식민 지배 중이던 영국군이었다. 그리스 군부의 지원을 받은 그리스계 키프로스 민족주의자들이 키프로스의 그리스 병합을 위해 쿠데타를 일으키자 1974년 튀르키예군대가 키프로스 북부 지역을 점령했는데 이들 역시 미국과 나토의 지원을 받아왔다는 것은 공공연한 비밀이다. 1975년 북키프로스는 튀르키예계 주민들을 소환하고 북키프로스 튀르키예공화국의 성립을 선포했고, 북키프로스에 거주하던 소수 그리스계 주민들은 반대로 남키프로스 지역으로 이주함으로써 사실상 분단이 확정되었다. 같은 해 유엔 안보리는 해당 공화국의 독립이 법적으로 효력이 없다고 선포했고 2004년 남쪽의 키프로스만이 EU회원국이 되면서 남북키프로스의 정치 경제적 격차는 점점 더 벌어지고 있다. 전체 키프로스 면적의 37%를 차지하고 있는 북키프로스는 국제 사회에서 불법 점령지로 인식되는 지역이며, 만약 남키프로스에 있는 공항으로 입국하지 않고 북키프로스의 공항이나 항구로 입국해 여권에 스탬프가 찍혀버리면 향후 그리스나 남키프로스 입국이 어려워진다.

12월의 어느 날이었다. 5월이나 7월이 아니라 12월의 키프로스였기에 광란의 파티가 벌어진다는 리마솔이나 아야 나파보다 신비한 색감의 프레스코화를 찾아 외딴 교회들을 하나하나 찾아가는 트루도스 산지가 좋았다. 흐린 하늘 아래 후두둑 떨어지다 말다 하는 빗줄기를 맞으며 동굴 같은 교회에 찾아 들어가 향 냄새를 맡은 것은 어쩐지 위로가 되었다. 그리스에서 한참 떨어진 섬이긴 해도 키프로스 또한 겨울엔 우기가

트루도스 산지 교회의 프레스코화

계속되는 모양이었는데 북쪽으로 향하기로 한 이 날만큼은 아침부터 하늘이 맑았다. 택시를 대절해 운전 기사가 안내하는 대로 따르면 경계선을 넘기도 수월하다 해서 숙소에 부탁을 해두었더니 국적을 가늠하기 힘든 외모의 청년 하나가 낡은 벤츠 한 대를 몰고 왔다.

해변을 따라 공항이 있는 라나카까지 달리다가 섬의 동쪽 끝에서 군사분계선을 넘는 일정이었으니 복잡할 것은 없어 보였다. 잘 정비된 도로를 달리는 차는 많지 않았고 자꾸만 바뀌는 주파수를 맞추다가 신경질이 난 운전수는 카세트테이프인지 씨디 한 장을 꽂아 넣었는데 튀르키예의 것도 아니고 중앙아시아의 것도 아니지만 무슬림의 것이라고 확신이 드는 곡조가 흘러나온다. 시간이 제법 흘러 경계선을 넘을 때가 된 것 같아 물었더니 난처한 표정을 지으며 어눌한 영어를 몇 마디 흘린다. 검문소가 어디 있는지 잘 모르겠다고 회사에 전화를 걸어봐야겠다는 것이다. 그러다 무장한 군인들이 서있는 검문소에 도착한 것은 한 시간 이상 지체된 시점이었다. 따로 요구하지도 않았는데 그들은 여권이 아닌 별도의 용지에 입국 스탬프를 멋없이 하나씩 툭툭 찍어준다. 그리스 쪽에서는 있을 수 없는 방식인데, 아무래도 아직까지는 남을 통해 북을 여행하고 다시 남으로 빠져나가는 방문객의 수가 압도적으로 많다 보니 불필요한 실랑이 대신 그들의 편의를 봐주기로 한 것 같았다. 살라미스에 닿기까지 민가는 별로 눈에 띄지 않았다. 운전

살라미스

기사의 변명을 듣느라 밖을 자세히 돌아볼 여력이 없었는지도
모른다. 그는 자기가 이곳 사람이 아니며 이 일을 시작한 지도
며칠 되지 않았는데 택시 회사 사장은 운전면허가 있는지 여
부만 확인하고는 북키프로스까지 다녀오라고 시켰다는 것이
다. 수도인 니코시아로 검문소를 통과하기야 식은 죽 먹기지만
동쪽 끝은 어쩐지 고약한 지역이라며 이런 경로를 택한 우리
를 오히려 원망하는 식이다.

살라미스는 거의 버려져 있는 것이나 다름없었다. 입장료
를 받는 사람이 입구를 게으르게 지키고 있을 뿐 그 넓은 유적
지 전체에 안내원이나 경비원 한 명 눈에 띄지 않았다. 그러나

로마제국에서부터 비잔틴제국에 이르기까지 천 년의 번성을 누린 미항으로서의 명성을 의심할 필요는 없었다. 반원형 극장과 운동경기장, 욕장만은 원형을 상상하기 어렵지 않게 보전되어 있었다. 무엇보다 극장 가장 높은 곳에서 시원하게 내려다보이는 해변의 한적한 아름다움은 안내 표지판조차 없는 유적, 어디나 거닐 수 있게 방문객에게 허용된 자유로 인해 배가 되고 있었다.

갑자기 빗방울이 후두둑 떨어져 급하게 택시 안으로 뛰어들었다. 운전수는 다음에 가야 하는 곳도 잘 모르는지 동료에게 전화를 걸어 조언을 구하기에 급급했다. 그런데 갑자기 러시아어가 들려온다. 저쪽에서도 잘 모른다고 한 모양인지 점점 더 험악한 표현들을 쓴다. 통화가 끝나고 비교적 평탄한 도로위에 차가 올라서자 우리는 어디서 왔느냐며 러시아어로 운전수에게 운을 떼었다.

"뭐라고? 당신들 지금까지 러시아어를 할 줄 알면서 나를 골탕먹인 거요? 내가 그렇게 영어 때문에 쩔쩔매는 걸 즐기다니 무슨 악취미요. 내가 하는 말을 몰래 엿들으면서 나를 엿 먹이다니."

거친 욕을 마구 쏟아내던 그의 얼굴을 나는 차에 딸린 반사경을 통해 물끄러미 바라보았다. 이제서야 러시아어를 쓰기에 러시아에서 왔느냐고 물었을 뿐인데 그런 전후 사정 따위 그는 안중에도 없었다.

"젠장, 빌어먹을. 어디서 왔냐고 묻는 거요? 마가단에서 왔수다. 여자친구가 여기라면 돈벌이 좀 될 거라고 해서 왔더니 어디서 이런 개 같은 경우를 만나게 되는지. 내가 키프로스로 들어오려고 그동안 쓴 돈이 얼마인데 인제 일 좀 하려고 하니……."

길을 안내해야 할 책임은 저 멀리 던져버리고 이주민으로서의 고통을 손님에 대한 분풀이로 다 쏟아내는 그의 얼굴은 비위를 상하게 하는 것이긴 했지만, 어쩐지 안쓰럽기도 했다. 그의 고향이라는 마가단은 그 넓은 러시아 연방의 동북쪽 끝 오호츠크해 북부 해안에 있는 공화국이다. 툭툭 끊어지는 지방 방언으로 말하는 그가 지구 반 바퀴를 돌아 운전대를 잡은 이 지중해의 휴양 섬에 그 말고도 러시아인이 많은 데는 다 이유가 있었다. 그리스 외환 위기의 여파가 도미노 현상을 일으키기 전, 시중 은행보다 월등히 높은 7%대의 이자로 여유 자금이 있는 거부들을 불러 모은 은행이 키프로스의 은행들이었다. 오일 머니가 쌓여가는 러시아의 거부들이 예금을 불려가며 휴양을 즐길 수 있는 이 매력적인 섬을 마다할 이유가 없었다. 지하 경제의 검은 돈들은 제재가 없고 익명성이 보다 쉽게 보장되는 북키프로스로 돈세탁을 위해 흘러들었다. 러시안 머니 주변으로 형성된 소비 시장에 이 마가단 청년 같은 이들이 몰려든 것이다. 지금 남과 북은 유엔의 완충 지대로 경계선을 대신하고 있는 형편이며 남키프로스의 서쪽과 동쪽 끝엔 영국의 해외 기지가 남아있다. 미국의 대 이라크, 시리아 전쟁 때 이들의 역할이 막중했음은 두말할 필요가 없다.

동중부에서 북부 해안 지역에 이르는 길은 너른 벌판이 이어졌다. 올리브나무가 비에 흠뻑 젖어 흐느적거리는가 싶더니 이내 햇살에 풀었던 머리를 바싹 말리기 바빴다. 잠시의 집중 호우 뒤에 커다란 쌍무지개가 떴다. 잠시 차를 세우고 평원의 모습을 눈에 담는데 농부가 지나가며 농을 건네는가 보다 싶더니 운전수는 튀르키예어로 또 수다를 떨기에 바빴다. 저 멀리 산 전체를 카드 섹션 플레이 하듯 덮은 울긋불긋한 것의 정체는 튀르키예 국기에서 적색과 백색의 배치만 뒤바꾼 북키프로스 국기. 본능적으로 호전적인 기운을 느끼고 움츠러든 참이었지만, 운전수는 아무렇지도 않게 말했다. "수도 니코시아로 가는 길에 저런 영역 표시가 몇 개나 더 있수다."

그는 어렵사리 우리를 벨라파이스로 이끌었다. 있는 그대로 감정을 내보인 것이 머쓱했던지 아니면 원래 금세 모든 것을 잊고 눈앞의 이득에 눈을 돌리는 게 제 기질인지 알 수 없었으나 그는 정말 아무렇지도 않은 얼굴이 되어 유적 곳곳에서 휴대폰에 딸린 카메라로 독사진을 찍고 다니며 즐거워했다. 키프로스의 모든 지명은 그리스어식 표현과 튀르키예어식 표현으로 두 개씩 존재했다. 국제선 페리가 드나드는 키레니아 또는 기르네 항구를 끼고 사행천 같은 도로를 돌아올라 한참 만에 작은

벨라파이스 애비

산의 정상이라고 생각되는 지점에 도착했더니 석양에 물든 하늘을 배경으로 반쯤 허물어진 중세 수도원이 극적으로 서 있다. 벨라파이스라는 지명은 바로 이 고딕양식의 수도원 건물인 벨라파이스 애비Bellapais abbey가 마을 이름으로 그대로 이어진 것이었다. 이 이름은 또한 평화의 사원이라는 뜻의 프랑스 어 아베이 드 라 뻬Abbaye de la Paix에서 온 것이라고 하니 그 양식도 프렌치 고딕이겠거니 바로 짐작이 된다.

불법의 운명에 처한 이유에서인지 석양에 물들어가는 부분 폐허—폐허라고 하기엔 정원을 둘러싼 아치 장식이라든가 수도사들의 생활 공간은 거의 그대로였으므로—의 벨라파이스는 처연하게 아름다웠다. 키레니아항이 내려다보이는 전망

좋은 식당 안에 자리를 잡았다. 메뉴는 기막히게도 프랑스식과 튀르키예식으로 양분되어 있었는데 튀르키예인들의 주거 구역에서 튀르키예식 케밥을 주문하는 것은 무지한 외국인 방문자가 취할 수 있는 최소한의 예의처럼 여겨졌다. 의무감에서라기보다는 위약조로危若朝露와 같을 뿐 아니라 '불법'의 멍에까지 짊어진 보통의 지역민들에 대한 위로와도 같은 감정에서.

돌아오는 길은 좀 수월할까 기대했지만, 매 이동 구간마다 지체된 시간들이 쌓여 어둠 속에서 수도 니코시아의 검문소를 찾는 일까지도 운전수는 초보자의 어수선함을 여지없이 보여주었다. 정작 검문소는 몇 초 만에 통과했지만. 섬나라답게 규모 있는 도시의 대부분이 해안선을 따라 발달한지라 내륙을 통과해 숙소가 있는 파포스에 이르기까지 우리는 불빛 하나 보기 어려웠다. 맑게 갠 하늘 덕분에 별빛 쏟아지는 밤이 아니었더라면 그 막막함을 어떻게 견딜 수 있었을까? 숙소에 도착하자 운전수는 약속된 요금 이외에 두 시간 반가량의 추가 요금을 요구했고 우리는 로비의 관계자를 통해 계약을 어기고 시간을 허비하게 만든 회사에 손해 배상을 청구해야 하는 쪽은 오히려 우리라고 전했다. 수화기를 통한 실랑이 끝에 애초에 계약했던 액수를 지불하고서 길고 길었던 북키프로스 탐험을 끝냈다. 그 운전수는 자신도 모르는 사이 숙련자로 둔갑해 운전대 앞에 앉아 곤욕을 치렀지만, 목소리를 통해 짐작하기로 그 택시 회사 사장이라는 자는 자신의 편법을 뉘우치기는커녕 모든 잘못을 이 운전수에게 돌릴 판이었고, 이 운전자 자신도 러시아어로 욕을 내뱉던 호기는 다 어디로 내팽개치고 이제 막 자신의 밥줄을 쥔 깡패 두목의 처분만 바랄 것이 분명해 보였다. 건들거리는 어깨, 되는 대로 쏟아내는 거친 말, 진지하고 사려 깊다고는 결코 할 수 없는 눈을 가진 그였지만 하루하루를 되는 대로 살아온 자의 대담한 살가죽 뒤로 언뜻 비치는 겁먹은 표정에 결국 마음이 쓰이는 쪽은 우리였다.

빈곤에 찌든 튀르키예 사람들이 주차된 차를 화풀이하듯 망가뜨리고 외국인을 보면 언제든지 달려들 준비가 되어 있다고 지나치게 겁을 주던 그리스인들을 떠올리면서 법도 불법도 필요로 하지 않고 오로지 씨 뿌리고 물 주는 매일을 살아갈 뿐인 등 굽은 튀르키예 노인이 쭈그리고 앉아 있던 쌍무지개 배경의 올리브밭을 떠올렸다. 니코스 카잔차키스는 크레타 사람임을, 오르한 파묵은 이스탄불 출신임을 숨기지 않지만 그들이 만나고자 하는 지점이 이 키프로스의 유엔 완충 지대 같은 모습은 아닐 것이다. 그리스는 마케도니아, 알바니아 등과 또 다른 문제를, 튀르키예는 쿠르드, 아르메니아 등과 비슷한 문제를 숙제처럼 안고 있다.

오르한 파묵은 에세이 『이스탄불』에서 키프로스섬의 튀르키예계를 과장되게 선동한 것이 이스탄불의 비밀 정보부였다는 얘기들을 공공연히 하곤 했다며 그 즈음 그리스계나 아르메니아계 소상인들을 열혈 튀르키예 민족주의자들이 얼마나 끔찍하게 약탈했던가를 어른들의 증언을 통해 담담하게 적어 내려간다. 선동과 구호와 광란으로 말하자면 그 어느 쪽인들 죄 없다 하겠는가마는 이 미친 사슬을 끊어낼 작은 희망은 이러한 작은 고백으로부터 시작되지 않을까 한다.

6장

자연의 비명

정말 아무렇지 않은 맛

해외살이의 설움은 대체로 음식 타령으로 채워질 때가 많다. 그러나 책 타령도 만만치 않다. 제철 식재료 고픈 만큼 때맞춰 모국의 언중들이 함께 읽고 공감하는 모국어책 고픈 게 또 큰 갈증이다. 한국에서 도착한 책 짐에서 김서령 선생님 책을 꺼내 급히 펼쳤다. 몇 해 전 페북에서 그의 글을 발견하기 전까지 나는 그를 몰랐다. 어쩌면 글이 또로록 소리를 내며 그토록 맑게도 굴러가지? 신기하던 마음은 그가 『샘이 깊은 물』인터뷰 글 필자라는 사실을 알고선 놀라울 것도 없겠다 싶었다. 봄 들판처럼 아낌없고 여름 숲처럼 청량하고 가을바람처럼 쌉싸름하고 겨울 나뭇가지처럼 처연한 그의 일상 글에 매혹되어가던 어느 날 홀연히 그는 먼 곳으로 소풍을 떠났다. 투병 중이신 줄은 알았지만 그야말로 갑작스럽게 그토록 서둘러. 책을 주문해놓은 것이 벌써 작년의 일이다. 『외로운 사람끼리 배추적을 먹었다』의 부제는 '김서령이 남긴 조선 엄마의 레시피'다. 조선(을 그 뿌리로 하는) 반가의 부엌 풍경이 다정하게 담겼다.

음식 얘기가 줄줄 이어지니 주부는 또 할 말이 많다. 내

한 몸 주부지만 내 안에 주부가 어디 나 하나뿐인가. 엄마, 시어머니, 할머니, 외할머니 기억하는 직계 가족만 해도 넷이고 우리 어릴 때야 명절마다 친가로 외가로 며칠씩 몰려가 몇 밤 먹고 자다 오는 것은 기본이었으니 큰어머니들, 고모들, 외숙모와 이모들 손맛이 모두 내 오감에 새겨졌다 할 수 있겠다. 그뿐인가. 끝날 줄 모르는 외국살이에 현지 식재료로 한국맛을 최대한 이끌어내는 모스크바 엄마, 아테네 엄마, 카라카스 엄마, 오슬로 엄마들이 있었으니 참으로 내 맛이 네 맛이고 우리 맛이렸다.

우선 그는 "깊은 맛이란 죄스럽지 않고 밍밍한 맛"이라고 말한다. 그래서 "고담하고 소박하고 부드럽고 슴슴하고 수수하고 의젓하다"라는 백석의 말을 마음에 담고 산다. 우리가 요즘 호박범벅이라고 부르는 "호박뭉개미"의 맛을 "온순하고 착한 맛"이라고 명명하고 냉이의 향이 "대지의 비밀스런 뜻이고 본질"이라고 일갈한다. 오장육부를 자극하지 않는 본질적인 밥상머리로 소환된다.

또 공들인 음식에 깃든 사람다운 대접을 상기한다. 특히 명태보푸름 얘기를 들을라치면 경험치로는 어림도 없는 나 같은 사람도 그 어떤 귀찮음까지 기꺼이 감수하고 시도해보고 싶어지는데, 그 어머니는 이와 소화기가 부실한 어른들을 봉양하려 보풀 낸 대구포를 무슨 수정가루나 되는 듯 흰 보자기에 곱게 싸두었다가 상에 내기 직전 참기름을 살짝 둘러 재빨리 무쳐냈다는 것이다. 말린 생선포를 실처럼 뽑아낼 때의 기술이란 최대한 곱되 가루여서는 안 되고 날아갈 듯 가볍지만 젓가락으로 쥐어질 정도는 되어야 한다는 것. 그야말로 일상의 예술이 아닐 수 없는 경지다.

그러나 무엇보다 이 책의 빛나는 지점은 바로 읽는 이 누구나 우리말의 아름다움을 단박에 알아차리게 된다는 것. 잔칫집처럼 '은성해진다'라든가, 기분이 '삽상하다'라는 먼 기억 속의 표현들을 해녀 물질하듯 잘도 캐낸다. 밥상머리에서, 자장가로 친근하게 들리던 생활 소리로서의 고운 우리말을 기억 상실처럼 잃어 이제는 국어사전을 통해서만 채집할 수 있게 되었다는 것이 문득 서글프다.

노르웨이 사람들은 그야말로 체격과 신체 능력이 좋다. 대체로 골격이 크게 태어나는 데다 기를 쓰고 운동에 매진한다. 척박한 환경 탓에 전통적으로 식재료가 다양하지 않은데 같은 이유로 어류나 육류를 말린다든가 채소를 절인다든가 하는 저장 음식이 노년층에게는 익숙한 편이지만 젊은 세대는 냉동 식품을 해동해 먹거나 간단한 샌드위치로 때우는 게 평일의 식사다. (요즘 사람들은 세계 어디서나 수고는 최소로 들이고 만족은 최대로 누리겠다는 심산이겠지만 우리나라와 다른 것이 있다면 높은 비용 때문에 남이 만들어 놓은 음식을 식당에서 사서 먹거나 배달해 먹는 일이 흔치 않다는 정도겠다.) 나로서는 부엌일이 더욱 간편해지면 좋겠다는 바람은 있지만 그렇다고 그때그때 '때우는' 음식으로는 내내 불안한 마음이 든다. 거기다 타국에서 채워지지 않는 DNA에 새겨진 고향 맛에 대한 내적 결핍이 늘 속을 어지럽힌

270

다. 이것이 근 20년 타지를 떠도는 '이제는 중년'의 부엌 GPS다. 그래서 동아시아 식재료를 약간 구할 수 있는 아시아마트라는 자그마한 가게에 갈 때마다 나도 김서령 선생님처럼 배추나 무는 빠지지 않고 사 온다. 그 심심하고 뭉근한 맛, 정말 아무렇지도 않은 맛이 나를 나로 살게 한다. 아무렇게나 살 수는 없어서 아무렇지도 않은 맛을 찾는다.

아, 진짜 육개장을 뻘겋게 한 솥 끓이고 싶다. 그러나 고사리와 토란대와 우거지와 대파는 구해지지 않는다. 요 며칠 그렇게 신세를 한탄했는데 오늘 장 보러 갔다가 얼룩무늬 투명한 고등어에 초록이 정말 몸의 삼분지 일을 덮은 무를 손에 넣었다. 쌀뜨물 받아 칼칼하게 지질 생각을 하니 오슬로가 서울과 갑자기 이토록 가깝다.

코로나 시대 타자성의 체험

튜브홀멘Tjuvholmen의 한 갤러리. 식탁 위에 식기들이 놓여 있는데 음식으로부터 오는 온기 따위는 별로 느껴지지 않는 다. 있는 줄 알았는데 실은 없는 것들이 어른거리고 사물은 이미 객체가 아니라 주체로 서 있되 유령처럼 서 있다. 접시나 냄비의 가장자리는 선명하게 날이 서 있지만 언뜻 보이는 손, 발, 촛불은 서서히 사라지는 듯 뭉개지고 만다. 심지어 자화상으로 보이는 자신도 경계가 허물어지는 환영 같다.

1981년생 스타방에르Stavanger 출신 화가 로알드 시베르센Roald Sivertsen의 그림들이다. 피렌체 미술아카데미에서 공부했다. 언뜻 호퍼적인가 싶다가도 이 사람은 어디에 가져다 놓아도 스칸디나비아 사람인 것을 숨길 수 없겠구나 싶다. 척박한 환경, 가혹한 운명, 금욕적인 사람들, 초현실적 상황에의 담담한 대면이 담긴다. 한 인간이 인간 집단을 대하는 방식, 그가 자연을 대하는 방식, 즉 관계 맺기의 본질을 '낯설게 보기'를 통해 드러낸다.

황현산 선생은 「시 쓰는 몸과 시의 말」비평집 『잘 표현된 불행』 중이 란 글에서 '내적 체험'에 대해 논하면서 "주체가 세계를 향해, 다

272

〈붉은 의자(Red Chair)〉, 2021

〈수프(Soup)〉, 2021

른 존재를 향해 열린다는 것은 그 주체를 자기 안에 있으면서 자기 밖에 있는 낯선 자로—동일자이면서 타자로—만든다는 것과 같다. 주체는 가장 깊은 진실, 따라서 가장 객관적인 진실을 제 몸이 세계의 몸과 맺는 관계에서 발견할 수 있다"고 말한다. 의미 전달의 일상적 용법을 파괴하고 '주체의 예견을 벗어난, 제어되지 않는' 낯선 말은 여기서 낯선 선과 색과 형태^{즉 조형}로 대체해도 되겠다. 작가가 죽음으로 돌진하고자 하는 이유도 죽음이 '타자를 내적으로 체험하는 자리'이기 때문이다.

그 전날 '예술가의 집'에서 보았던 박테리아와 곰팡이균들이 유영하는 모습을 담은 빅토르 페데르센^{Viktor Pedersen}의 영상 작업도 이러한 물성에의 내적 체험으로 읽힌다. 자기 손가락, 발가락, 귀와 입에서 샘플링해 배양한 박테리아와 곰팡이균을 확대해서 보여주는데 마치 은하계를 떠도는 수많은 행성과 같은 모습이다. 인체의 절반은 이러한 미생물, 즉 '비인간적' 요소로 구성되어 있다면서 독립적이고 자연과 구분된 존재로서 독야청청 오만한 인간이 실은 이렇듯 자연–외부 세계와 철저히 연결된 집합적 유기체라고 항변한다.

몸 없는 거인Giant Without a Body

아스트룹 피언리Astrup Fearnley 미술관이 2월 초 전시로 기획
했던 미국 작가 니콜 아이젠만의 전시가 근 4개월 만에 오픈했
다. (해운 사업을 기반으로 큰 피언리 가문이 설립한 이 미술관은 오슬로
피오르가 아름답게 눈에 담기는 그림 같은 위치에 거대한 선박을 연상하
게 하는 외관으로 이름났다. 렌조 피아노가 설계했다.) 작품 설치를 마
친 직후 오슬로에 코로나 관련 락다운 처분이 내려진 터라 그
동안 미술관 인스타그램 피드만 불이 났다. 기다렸던 전시니만

아스트룹 피언리 미술관

큼 붐비면 어쩌나 했던 걱정이 무색하게 전시장은 한산했다. 미술관 창밖으로 츄브홀멘 모래사장에 누워 몸을 태우는 사람들이 잔뜩인 걸 보고 바뀐 계절을 실감했다.

프랑스 태생으로 뉴욕 브루클린을 중심으로 활동하는 작가 니콜 아이젠만은 로드아일랜드 디자인 스쿨RISD을 졸업하고 리버럴아츠컬리지인 바드 칼리지Bard College에서 학생들을 가르쳤다. 전시 제목인 'Giant Without a Body'는 월리스 스티븐스Wallace Stevens의 시 「Repetitions of a Young Captain」1944에서 가져온 것, 따라서 이번 전시가 개인의 정체성 감각과 실재를 다룰 것을 알 수 있다. 아이젠만은 기본적으로 충실한 기록자이자 위트 넘치는 이야기꾼이며 높은 이상을 지닌 몽상가이다. 따라서, 사회를 흔든 주요 사건이나 입장을 가져야 할 의제들을 외면하지 않는다. 그는 유머러스한 투사가 되는 방식으로 고분벽화 같은 역사책을 쓴다.

제1 전시실을 채운 일군의 설치물은 〈행렬Procession〉2018~2019이다. 고전주의적 기법부터 르네상스, 모더니즘적 표현에 이르기까지 다양한 양식의 조각물들이 한 방향을 바라보도록 설치했다. 흙, 나무, 직물, 금속 등등 몸체를 이룬 재료 또한 제각각이다. 선두에 선 육중한 몸의 검은 사람은 무거운 짐수레를 끈다. 머리가 땅에 닿도록 상체를 엎드린 수레 위의 사람은 장작더미인지 사람인지 얼핏 분간이 가지 않을 정도로 비정형의 덩어리처럼 보이기도 하는데 하늘을 향해 쳐든 엉덩이에서는 주기적으로 가스가 뿜어져 나온다. 뿜어나오는 기체가 주는 가벼움과 거기

⟨Procession⟩, 2018~2019

⟨Progress : Real and Imagined⟩, 2006

몸 없는 거인 277

서 비롯되는 유머러스한 상상과 크게 대비되는 것은 전진의 동력을 무력화하는 네모난 바퀴들과 수레를 끌고 가는 사람의 힘겨워 보이는 상체다. 흑인 인권 운동인 Black Lives Matter에 대한 은유다.

2층 통창 아래 걸린 두 폭의 펼친 그림 〈Progress : Real and Imagined〉[2006]는 전시 작품 중 작가의 가장 오래된 고민을 보여주는 것이다. 르네상스적 인테리어와 바로크적 알레고리의 결합이랄까. 왼편엔 작업실에서 작품을 낳기까지 고뇌하는 화가의 모습이 담겼는데 그 작업실은 한 줌 조각배에 올라타 있다. 오른편엔 한 아이가 세상에 나오기까지의 과정이 대서사시처럼 펼쳐지는데 남자는 발이나 머리 등 부분적 토르소로만 존재하는 반면 해산의 장면에서 여자는 온전한 모습으로 도움을 주는 두 여자 가운데 위치한다. 이 밖에도 여자는 구름 속에서 소총으로 겨냥하는 자, 얼음 동굴 속에서 무언가를 기원하며 빚는 자로 등장한다.

일련의 초상화들을 볼까. 〈The Fag End 2〉[2009]는 제목에서 알 수 있듯 게이의 초상이다. (궐련을 뜻하는 fag라는 단어는 다른 의미로 남성 동성애자를 공격적으로 부르는 말이고 여성 동성애자의 경우엔 dike가 이에 해당하는 단어다.) 인물 뒤로 보이는 간판에 쓰인 메트로폴리탄 바는 브루클린의 게이 커뮤니티 핫스폿이다. 바를 막 나온 듯한 인물이 비틀거리고 있다. 파리한 얼굴과 비뚤어진 어깨, 꺾인 다리는 마치 뭉크의 그림 속 인물들처럼 부풀어 있고 뭉개져 있다. 저러다 희끗희끗한 연기로 사라져버릴 것

〈The Fag End 2〉, 2009

만 같다. 〈Breakup〉[2011]이나 〈Selfie〉[2014]는 스스로에 몰입한 퀭한 얼굴을 유머러스하게 전달한다. 만화식 단순 표현법이 유쾌한데 묘한 색감 대비가 만성적 우울함까지 함께 드러낸다. 물론 몰입과 우울의 매체는 스마트폰이다. 구체적 한 사람의 예를 통해 사회 이슈를 비추는 방식을 취한다.

죽음에 대한 성찰 또한 주요 모티브다. 노골적으로 죽음의 상징물을 주인공으로 내세운 〈Death and the Maiden〉[2009]이나 결과적으로 사랑과 위로를 말하지만 마주침의 전제 조건이 되는 외로움과 피로감이 우회적으로 드러난 〈Sloppy Bar Room Kiss〉[2011] 같은 경우가 대표적인 예. 〈Morning Studio〉[2016], 〈Destiny Riding Her Bike〉[2020]도 같은 주제 의식의 연장선에 있다. 프로젝터에 띄워진 컴퓨터 바탕화면으로서의 은하, 그 미스터리적 대우주를 배경으로 남녀가 뒤엉켜있는 현장. 가슴을 드러낸 한 사람에게 아기처럼 기대있는 다른 한 사람은 마치 우주로부터 뚝 떨어진 외계인처럼 네온 피부를 하고 관람자를 노려본다(〈Morning Studio〉). 연극 무대 같은, 붉은 기운으로 불타오르는 듯한 시간대에 두 남녀가 부딪힌다. 자전거와 사다리가 충돌하고 사다리 위의 남자는 하강하고 자전거 위의 여자는 상승한다. 땅에 쓰러진 남자와 공중 부양 중인 여자의 표정은 한눈에 읽히지 않는다. 고통과 환희가 뒤섞인, 당혹감과 환희가 충돌하는 현장이다. 로맨틱할 수밖에 없는 소재는 살짝 음산한 기운이 느껴지기도 하는 공간감과 색감 때문에 우리가 '사랑'이라는 단어를 떠올릴 때 상상할 수 있는 정서를 가장 넓

⟨Destiny Riding Her Bike⟩, 2020

은 스펙트럼으로 시각화한다〈Destiny Riding Her Bike〉.

정치적 알레고리를 담은 작품들에서 아이젠만의 개성이
가장 선명하게 드러난다고 할 수 있는데, 〈Beasley Street〉2007,
〈Coping〉2008, 〈Tea Party〉2011, 〈Huddle〉2018 같은 경우들이다. 그
럴듯하게 세워진 건물들 사이에 이상해 보이는 일군의 사람들
이 있다. 손님을 기다리는 듯 벽에 등을 기대고 한 줄로 선 매춘
부들, 목발을 짚거나 휠체어를 탄 여인들, 구걸하는 아이, 주정
뱅이들 등 디킨스의 『올리버 트위스트』에 나올 법한 장면이다.
계단에 앉은 여인은 뜨개질한다. 그녀는 디킨스의 또 다른 소
설 『두 도시 이야기』의 마담 드파르주처럼 살생부를 새기는 중
이다. 작가는 거기 조지 부시 미 대통령이나 줄리아니 뉴욕 시
장쯤이 인민의 적으로 새겨져 있지 않겠냐고 말한다. 빈곤의 세
계에서 피어오르는 정치적 복수와 자유를 향한 열망을 드러낸
다고. 제목은 펑크 시인 존 쿠퍼 클라크의 노래에서 차용했다
〈Beasley Street〉.

금융 위기의 늪에 빠진 마을이 그려진다. 오물이 사람들
허리까지 차오르며 소용돌이친다. 차는 뒤집히고 하늘은 불길
하게 누렇고 오염된 듯 보이는 등 총체적 위기 상황임에도 사
람들은 아무렇지 않다는 듯 거리를 걷는다. 걸음은 걷지만 눈
에는 초점이 없다〈Coping〉.

한편, 〈Tea Party〉2011에는 '운명의 날'을 준비하며 지하실
에 모여 폭탄을 제조하는 사람들의 모습이 잡힌다. 높은 선반
은 비상 식량으로 가득 채웠다. 사회로부터 단절될 때를 대비

〈Beasley Street〉, 2007

〈Coping〉, 2008

해서다. 티파티는 실제 미국 극우 운동의 이름이다. 경제적 자유주의, 보수주의, 포퓰리즘이 기저에 흐르는 이 티파티 운동은 버락 오바마와 민주당 정책에 대한 반발로 2008년 경제 위기 이후 등장했다. 〈Huddle〉은 운동 선수들이 경기장에 나가기 전 갖는 작전 타임이다. 머리 희끗희끗하고 배 불룩한 사람들이 검은 셔츠, 넥타이, 검은 양복 차림으로 뉴욕 미천루가 휜히 내려다보이는 높은 곳에서 무언가를 모의 중이다. 아래 세계를 좌지우지할 어마어마한 작전을 세우는 모양인데 이들이 있는 곳은 사실 (플라스틱 양동이와 삽자루를 들고 아장아장 아이들이 하나둘 모여드는) 모래 놀이터다. 자격 미달인 자들의 주제넘은 참견이라는 듯 작전 세력을 조롱하는 세팅이다.

인간적인 삶이란 무엇일까. 무언가를 감수하고 어딘가에 저항한다. 우리에겐 몸에 새겨진 기억이 있고 지긋지긋한 선택의 순간은 계속 온다. 사실 선택 이전에 요구되는 건 '생각'이다. 영국 왕립 예술아카데미 설립자인 화가 조슈아 레이놀즈는 이렇게 말했다 한다. "생각의 수고를 피하려고 사람들이 부리지 않는 꾀란 없습니다." 무지는 수동적 결과가 아니라 알고 싶지 않다는 적극적 의지의 발로라는 것이다.

냄새와 기억의 사회사

아직도 코가 맹맹하다. 한꺼번에 너무 다양한 냄새를 맡았고 냄새의 가지 수만큼이나 많은 기억이 떠올랐고 어쩔 수 없이 감정이 빨리 감기와 일반재생을 반복했으므로 냄새 맡기의 원체험은 더욱 강력한 것으로 남았다. 바이러스의 창궐로 바깥 활동에 제약이 생기며 사람들은 자신만의 공간인 '집' 꾸미기에 열중했다. 가구와 조명이 교체되었고 플랜테리어란 용어가 유행일 정도로 자연의 패치워크가 될 식물을 집 안으로 끌어들였는데 냄새 또한 집중 관리 대상이 되었다. 향수와 방향제 판매도 당연히 급증했는데, 세련된 스웨터나 꽃병이 아니라 세련된 냄새에 대한 욕망은 생각보다 복잡한 사회학적 분석 대상이다. 보이지 않지만 지속된다는 점에서, 일시에 기억을 환기한다는 점에서. 현대 예술에서 아름다움에 대한 정의가 논쟁거리가 될 때, 그 영역이란 시각과 청각을 넘어 후각이 될 수도 있겠다.

팬데믹 이후, 오슬로 아스트룹 피언리미술관의 새 전시는 후각 예술가 시셀 톨라스의 것이다. 1963년 노르웨이 스타

방에르에서 태어난 시셀은 노르웨이, 폴란드, 러시아, 영국 등지에서 수학과 화학, 언어학과 미술을 공부했고 지금은 베를린을 베이스캠프 삼아 활동하는 예술가다. 화학자이고 작가이기도 하다. 광주 비엔날레에도 초청된 바 있고, 최근엔 한국의 영화감독(⟨기생충⟩에서 계급 계층에 스며든 '지하'와 '지상'의 냄새가 큰 모티브가 되니 당연히 봉준호 감독에게 질문지를 던진다), 언어학자(백승주 교수와 제주 역사에 스민 폭력의 기억을 두고 작업한다) 등과 협력 작업을 하고 있어 한국과도 인연이 있다.

그의 작업을 한마디로 요약해 보자면 '후각 사회학'적 설치 예술이라 할 수 있지 않을까. 2000년대 초반부터 시셀이 채집하고 보존해온 냄새들은 실로 다양하다. 이는 뒤샹이 언젠가 뉴욕의 친구에게 파리의 공기를 선물하던 방식과는 다른 것이다. 습지, 화산재 같은 자연은 물론 갖가지 물건, 음식, 쓰레기, 교통 수단 같은 '그것'이라고 지칭할 수 있는 대상은 물론이고 고독, 고통, 두려움, 슬픔 같은 감정의 냄새까지도 포함한다. 공황장애를 가진 사람의 땀이나 난민 캠프의 담요에서 냄새 분자를 채취해 복제가 가능한 화학 분자로 변환해 보존한다.

미술관 입구엔 개수대가 설치되어 있다. 실험실이나 수술실에 들어가기 전 멸균을 목표로 손을 씻는 것과 같은 경험을 한다. 물은 하늘에서 수직으로 떨어지고 시셀 톨라스라는 이름이 각인된 비누로 손을 씻는다. 시셀 톨라스 비누는 시셀 톨라스의 냄새인가. 입장료를 계산하면 입장권 대신 작은 앰플을 준다. 작은 앰플에 역시 시셀 톨라스라는 이름이 인쇄된 스티

커가 붙어있다. 이 앰플은 고급 향수 브랜드에서 향수를 살 때 받을 수 있는 샘플 향수병 같은 형태다. 미술관 직원은 이 앰플 입장권 안에 들어있는 향수가 '돈' 냄새라고 했다. 이 '돈' 냄새 나는 향수병을 들고 오면 2주간 몇 번이고 반복해서 미술관을 드나들 수 있다고도 했다.

전시실은 2층으로 구성되는데, 1층엔 냄새가 입혀진 화산 석과 다양한 석고 모형이 진열되어 있다. 전시대와 각 냄새 발산체^{석고 모형}에는 숫자와 기호들이 붙어있다. 그 냄새들은 작가 가 채취해 분해하고 재조합한 '향수'이므로 우리는 화학 공식 과도 같은 기호와 숫자의 연속체 속에 각각 '정체성'이니 '기 억', '권력', '소통', '환경' 등의 키워드를 입력해 그 의미를 풀어 내 보려 하지만, 이것이 냄새로 기억을 붙들어 둘 하나의 방도 가 될 수 있겠다고 겨우 짐작할 수 있을 뿐이다. 냄새는 매큼한 듯 매우 고약하기도 하도, 익숙한 듯하다가 점점 낯설어지기도 하고, 희미하게 가슴에서 말을 맴돌게 하기도 한다. 무언가가 끊임없이 타는 냄새, 오랜 시간 찌들어 도저히 씻어낼 수 없을 것 같은 지린내, 비누 향인지 세제 향인지 이끼 향인지 바람에 실려 온 꽃향기인지 그 모두일지도 모를 냄새도 있다. 어떤 문 화권에서 애용되는 향신료들의 집합체 같은 냄새가 나기도 하 고 매스껍게 느껴져 당장 토할 것 같은 냄새도 있다. 그것은 특 정 상황 속에서 겪는 지극히 개인적인 경험 속에 녹아난 냄새 이기도 하고 그 시대, 그 문화권, 그 사건 속의 사람들이라면 누 구나 알 만한 냄새이기도 하다. 2층에는 냄새가 더욱 잘 퍼져

나가게 도움이 될 만한 냉기와 열, 바람 등이 마중물 역할을 한다. 냄새가 입혀진 널찍한 돌판이 평면 회화처럼 벽에 붙어있고 전시실 천정에는 형광등처럼 생긴 광원이 수십 개 달려있다. 사람들은 돌판마다 코를 대고 킁킁거린다. 얼굴에 다양한 표정들이 스친다. 옆 방은 어둠 속에서 거대한 얼음 세 조각이 빛난다. 얼음 한가운데 향수 앰플이 들어있다. 얼음이 녹으면서 냄새가 퍼진다. 사람들은 얼음 위로 손을 대보고 냉기를 느끼고 녹은 물 위로 코를 댄다. 다시 옆방에는 냄새를 입힌 거대한 천 조각이 선풍기의 힘으로 펄럭거린다. 역시 그 앞에 선 사람들의 코는 바쁘다.

후각을 통해 개인과 공동체의 감정, 지성을 연구한다는 시셀 톨라스는 문화 행동과 경제 발전, 집단 기억 등의 특징을 해독하는 수단으로서 냄새 연구가 지니는 특이성에 주목한다.

다음날 친구 선물을 사러 들어간 가게(사려던 건 손세정제다. 손세정제나 핸드크림, 샴푸, 비누 등은 사실 세정과 보습의 기능도 기능이지만 냄새의 역할이 매우 크다)에서 새로운 향이 나왔다며 향수 시향을 권했다. '로주'라는 이름이 붙었고, 쌉싸름하고도 풍성한 느낌이 들었다. 가격을 묻자 직원은 오십 밀리그램에 천칠백 크로나라고 했다. '돈 냄새'가 진동한다. 하지만 시셀이 채집한 진짜 '돈 냄새'는 이와 완전히 달랐다. 주머니에 손을 넣으니 전날 입장권 대용으로 받은 앰플이 손에 잡힌다. 뚜껑을 열어 냄새를 맡자 다시는 맡고 싶지 않다는 생각이 들 만큼 역겹다. 갑자기 모스크바 지하철 역사에 들어서자마자 나던 냄새가 훅 기억을 덮쳐온다. 프루스트의 마들렌 냄새 못지않은 순간 이동의 냄새다. 기억이라는 우물에서 냄새라는 두레박으로 길어 올리는 원초적 감각으로 우리는 이렇게 저렇게 연결되어 있다.

중고 시장

노르웨이 생활을 정리할 시점이 되었고 내 스마트폰에 설치한 핀닷노FINN.no 앱은 더욱 바쁘게 일하고 있다. 핀닷노는 한국식으로 말하자면 당근마켓 같은 중고 거래 앱이다. 사실 노르웨이 생활의 시작도 핀닷노였다. 여기를 통해 세 들어 살 집을 구했기 때문이다. 그렇다. 놀랍게도 노르웨이의 모든 중고 거래는 오직 핀닷노로 통한다. 가구나 옷이나 그릇도 내놓고 집도 내놓고(월세뿐 아니라 매매도) 차도 내놓는다. (중고라 하기엔 좀 그렇지만) 일자리도 구하고 사람도 구한다. 구인 구직 따로, 부동산 거래 따로, 중고차 거래 따로, 나머지 소비재 따로가 아니라 모두 앱 하나에서 처리하는 것은 노르웨이인들의 독특한 보수적 성향 때문인데, 누군가 핀닷노의 아성을 무너뜨리겠다고 새로운 앱을 개발한다고 달려들었다가는 큰코다칠 것이 뻔하다. '바로 그것'이라고 인정하기가 매우 힘들고, '바로 그것'이라는 것이 한번 확인되면 앞뒤 따지지 않고 신뢰하는, 이후엔 그저 관성으로 움직이는 것이 노르웨이 사람들의 소비 심리이기 때문이다. 사회 전체의 유통 구조가 사실 독과점 형태로 돌아가는

데, 이는 수요와 공급의 균형을 유지하는 데 안정성을 확보해주지만 새로운 아이디어를 가지고 소규모 창업을 구상하기에는 역시 가혹한 면이기도 하다. 동네 미용실, 동네 빵집, 동네 슈퍼라는 것은 거의 찾아보기 힘들다. 인구 밀도가 현저히 낮은 지역이 상당히 많고 표준화된 생활 안정성을 추구하다 보니 그렇게 된 것이겠지만 선택권이 얼마 없다 보니 삶은 획일화되고 어쩔 수 없이 통제당한다는 느낌이 들기도 한다.

살 것이냐, 팔 것이냐, 대가를 받지 않고 나눌 것이냐, 아니면 당장 찾아지지 않는 것을 찾는 중이라고 할 것이냐를 정해 필터링한다. 또 전문 상인이 사고파는 것도 선택할 것이냐, 아니면 개인이 아마추어적으로 하는 거래에만 참여할 것이냐를 또 필터링한다. 중고 거래가 주로 이루어지긴 하지만 새 상품도 올라오고 기업체에서 홍보성 포스팅도 하고 개인을 가장한 장사꾼들이 꾸준히 미끼를 던지기도 하기 때문이다. 막지 않는다. 단지 필요에 따라 각자 필터링하게 할 뿐. 그러니까 새 상품을 거래할 것이냐, 오로지 중고 상품만 원하느냐를 또 필터링한다. (단순히 행정 구역상 이름만 넣는 것이 아니라) 반경 몇 킬로미터 안에서 거래하길 원하는지도 설정하고 가격 범위도 정해서 예산을 한정한다.

어느 나라나 있는 중고 거래인데 뭐 그리 호들갑이냐고 할 수도 있을 텐데, 노르웨이에서는 핀딧노 없이 산다는 것이 거의 불가능하다. 우선 이만큼 신뢰를 쌓은 플랫폼을 찾기 힘들고, 물가가 높으니 물건 자체가 귀해서 쓰고 또 쓰는 게 익숙하다. 인건비가 높으니 거간꾼이 끼어드는 일이면 뭐든 비용이 많이 든다. 그러니 집이나 차도 직거래를 선호한다. 따라서 믿을 만한 플랫폼이 중요한 것이다. 특히 인기가 높은 항목이 야외 생활 용품인데, 여름엔 자전거와 캠핑, 등산 용품, 겨울엔 스키를 거의 전 국민이 즐기다 보니 라이프사이클에서 개인이 단계를 달리할 때마다 거래가 활발해진다. 인건비와 함께 대형 쓰레기 처리 비용이 많이 든다는 점도 물건을 저렴하게 중고로 처리할 의도를 부추긴다. 물론 일반 생활 쓰레기 처리에는 비용이 전혀 들지 않는다. KIWI, MENY, COOP, EXTRA등 슈퍼 체인점에 가면 음식물 쓰레기용 비닐 봉지, 플라스틱과 비닐 제품용 비닐 봉지가 롤로 돌돌 말려 입구에 가득 쌓여있다. 그냥 집어 오면 된다. 무료다. 나머지 일반 쓰레기는 검은색 쓰레기봉투를 사서 버리든, 슈퍼에서 포장용으로 따로 사는 봉지에 넣어서 버리든 마음대로 처리하면 된다. 처리하는 쓰레기봉투는 크기가 너무 크지 않아야 한다. 거리마다, 아파트 단지마다 설치된 쓰레기통 투입구가 그리 크지 않기 때문에 그 크기 안에 맞춰야 한다. 종이도 마찬가지다. 잘게 찢어서 집어넣을 수 있는 크기가 아니면 투입 불가다. 한국처럼 얼마 내고 스티커를 붙여서 집 앞에 내놓는 것은 불가능하다. 구마다 대형 폐기물 처리소가 있어서 예약 후 일정 금액을 지불하고 직접 끌고 가 버려야 한다. 그러니까 싣고 갈 만한 차량이 있으면 모르지만 그렇지 않으면 차량을 빌려야 하고 모든 걸 직접 처리해야 하니까 이게 다 비용인 거다. 그러니 폐기 처분하기 전 쓸

만한 상태일 때 약간의 돈이라도 받고 팔거나 아니면 공짜로 줄 테니 알아서 가져가라고 포스팅하게 된다는 것. 값비싼 물건, 간단치 않은 뒤처리—이것으로도 어느 정도의 절약 정신이 싹트는 것도 같다. 부동산 거래가 매우 활발하다는 점도 중고 거래를 활발히 하게 되는 요인이다. 복지 천국이라 해도 부동산이 투자 대상이 되는 현상은 노르웨이도 마찬가지. 인건비가 높으니 이삿짐센터 이용하기도 만만치 않아서 젊은 사람들은 최대한 단출한 살림으로 이사 들어가 필요한 물건을 사서 살다가 또 팔고 나오고 옮긴 집에서 필요한 물건을 다시 사서 쓴다. 주변에서 적당히 큰 차를 빌려서 제 손으로 옮길 수 있는 짐만 지니고 이사하는 것을 선호한다. 물론 도시 생활자의 얘기이긴 하다. 가끔 백 년은 된 듯한 가구들이 '판매' 코너에 무더기로 나온 것을 보면 시골에서 옛날 방식을 고수하며 살다

양로원으로 들어가게 되거나 작고한 부모의 집을 정리하는 자
식들이 올린 포스팅이 대부분이다.

나는 자전거와 서랍장, 소파 테이블과 빈티지 접시 몇 개
를 산 적이 있다. 그야말로 오슬로 동서남북을 다 방문해 보았
는데, 가장 멀리 갔을 땐 오슬로를 벗어나 남쪽으로 한 시간 반
정도를 운전해 갔다. 조선소 일로 거제에 가봤다는 노인부터 영
화제 프로그래머라는 젊은 남자까지 다양한 사람들을 만났다.
작은 물건의 경우, 신문지 같은 포장재를 직접 준비해서 갔고
캔버스 토트백에 담아오는 것은 기본이었다. 차 트렁크나 뒤 자
석을 앞으로 눕힌 공간에 들어가는 물건이어야 추가 비용 없이
가져올 수 있으므로 크기 체크는 매우 신중하게 했다. 덕분에
내 생활권을 벗어난 동네의 분위기를 익힐 수 있었고 보통 때
상관없이 살아가던 많은 사람과 실질적인 대화를 나누었다.

또 나는 의자 몇 개와 협탁, 찻잔 세트, 그림, 책장, 가방 등
을 판 적이 있다. 좁은 집으로 이사하다 보니 그간의 방만했던
삶이 햇빛 찬란한 날의 마룻바닥처럼 처참하게 드러났고 큰애
가 진학으로 독립해 나가면서 남는 물건들이 생겼기 때문에
때로는 경건하게, 때로는 속 시원히 살림 줄이기라는 임무를
꾸준히 수행해나갔다. 팬데믹 상황도 한몫했다. 온 식구가 집
에 있는 시간이 길어지니 공간의 효율적 이용이 무엇보다 중
요했다. 베네수엘라의 풍경화는 놀랍게도 베네수엘라 이민자
가 가져갔다. 사연을 들으니 공짜로라도 주고 싶었지만 산 가
격과 거의 비슷하게 팔게 되었다. 얼마 안 되는 가격에 샀고 얼

마 안 되는 가격에 팔았다. 협탁은 너무나 다정한 게이 커플이 가져갔다. 좋은 물건을 저렴하게 주어서 너무나 고맙다는 인사를 몇 번이나 했다. 살면서 그렇게 예의 바른 청년들을 처음 봤다. 책장은 오슬로의 방송국 소품팀에서 접수했다. 장식적인 요소가 너무 많아서 처분하려 했던 것인데, 그들은 같은 이유로 원했다. 덕분에 방송국 세트장 돌아가는 사정 얘기를 들을 수 있었다. 커다란 차량에 소품이 잔뜩 실려 있어서 내 책장을 실으려면 그걸 몽땅 꺼내야 했기에 같이 꺼내고 집어넣으면서 함께 시간을 보낼 수밖에 없었기 때문이다. 베르겐에서 온 씩씩한 여성들이었다. 사용감이 거의 없는 준명품쯤 되는 가방은 동남아시아–북아프리카 커플에게 돌아갔다. 남편이 꼼꼼히 따져보고 아내에게 선물했다. 그들은 서로 불어로 얘기했다. 러시아 전통 그릇인 그젤 찻잔 세트는 20대 젊은 여성이 곱게 싸갔다. 엄마가 러시아 출신인데 생신 선물이라 했다. 자리를 너무 많이 차지했던 흔들의자는 폴란드 출신 건설노동자가 가져갔다. 오랜만에 러시아어로 대화했다. 폴란드 서쪽 사람들은 독일에 가깝지만, 동쪽 사람들은 벨라루스에 가까워 다행히 러시아어로 대화하는 데 거부감이 없다.

　몇 개의 거래가 더 남아있다. 물건은 물건일 뿐이지만 물건 이상이기도 하다. 삶의 구체적인 모습을 보여주기도 하고 기본적인 삶의 태도가 드러나기도 하니까. 미국식 거라지 세일이나 유럽식 벼룩시장을 원래 좋아하기도 하지만 아무튼 나의 노르웨이 생활은 핀닷노가 풍성하게 해준 면이 없지 않다.

뭉크뮤지엄

비외르비카의 람다, 그리고 뭉크

　　비외르비카Bjørvika는 현대적 오슬로를 전시하기 위한 오슬로피오르 중심부의 신건축지구 이름으로 바코드, 오페라하우스, 공공 도서관 다이크만Deichman 등이 줄지어 들어선 구역이고 람다는 스페인 건축가 후안 헤레로스 설계로 그 비외르비카에 지은 13층짜리 전면 유리 건물의 별명이다. 끝이 대각선으로 경사지게 올라가는 모양이 그리스어의 알파벳 람다 모양을 닮았다고 하여 그런 별칭이 붙었다. 확장 이전해 문을 연 뭉크 미술관의 별칭이기도 하다. 단일 예술가의 작품을 모은 미술관 중 세계 최대 규모다. 전환기에 큰 변화를 이룩해 낸 사람의 이름이 매번 새롭게 입에 오르내리게 되는 데에는 시대적 변화의 물결을 민감하게 감지해낸 안목, 온갖 저항에도 자신이 각성한 바를 체화해 결과물로 내놓는 용기와 완성도를 향한 인내를 세상이 외면하지 않았던 흐뭇한 이유가 있을 것이다.

　　람다의 전시실은 여러 키워드로 정리되어 있다. 죽음, 사랑, 불안, 절규, 여자, 나체, 고독, 오스고쉬트란드, 초상화, 자화상, 생의 프리즈, 지식의 나무, 아울라 등이다. 뭉크의 그림들은

뭉크의 스케치들

절도 사건의 주인공이 된 수난사가 있는데, 1988년 뭉크미술관의 〈뱀파이어〉 절도 사건, 1994년 동계올림픽 기간 국립미술관의 〈절규〉 절도 사건, 2004년 뭉크미술관의 〈절규〉와 〈마돈나〉 절도 사건 등이 그것이다. 그래서인지 람다에는 보안에 신경 쓴 흔적이 역력하다. 다양한 버전의 〈절규〉를 한꺼번에 공개하지 않고 시간을 정해 크레용화, 템페라와 유화, 판화를 차례로 공개한다. 그림 앞에 여닫이문을 달아놓아 공개 시간이 아닐 때는 자물쇠를 건다. '스크림'은 '절규'로 번역되어 알려졌지만 실은 '비명'에 가깝다. 뭉크는 자신에게 다가온 충격을 청각적으로 '자연의 비명'이라 표현했다. 그 충격이란 불안한 자신의 심리 상태였고 이 청각적 충격은 다시 시각적으로 표현되었다. 그는 인간 내면의 어두운 감정, 직관의 세계, 말할 수 없는 기억의 동굴을 파고드는 작가였다. 뭉크는 자신이 기억하는 감정을 그린다는 신념을 일찍이 명확히 했다.

뭉크는 1863년 노르웨이 뢰텐 태생으로 이듬해 그의 가족은 크리스티아니아Christiania, 지금의 오슬로로 이주했다. 아버지 크리스티안은 1868년 아내가 죽자 크게 상심하여 마음의 문을 닫고 종교에 심취했다. 감정 기복이 심한 아버지는 자녀들에게 기괴할 정도로 엄격하게 굴고 과도한 체벌을 가해 집안은 늘 공포 분위기로 가득 찼다고 뭉크는 회상한다. 오슬로는 아케르강을 중심으로 서쪽과 동쪽의 사회 경제적 구분이 명확하다. 부르주아의 주거 지역, 그리고 노동자 계급과 이민자들이 모여드는 곳으로, 뭉크가 아버지로부터 독립하기까지 가족과

〈아픈 아이(The Sick Child)〉, 1896

함께 살았던 지역은 아케르강 동쪽의 경계부인 그뤼네르뢰카 Grünerløkka였다. 1877년엔 누이가 결핵으로 세상을 떠났고 1881년엔 왕립미술학교에 들어갔다. 이후 작은 누이마저 정신병원에 입원하자 뭉크는 자신의 가계를 둘러싼 병력에 압도되어 죽음의 공포에 짓눌리게 된다.

하늘의 탁한 푸른빛과 대비되는 건물의 노란 불빛, 정면을 향해 걸어오는 군중, 누구와도 소통하지 않는 기괴한 표정, 홀로 있는 검은 실루엣의 남자—뭉크가 그린 칼 요한 거리의 저녁 풍경이다. 기독교와 부르주아 계급의 인습에 반기를 든 급진주의자들의 수장 한스 예게르Hans Henrik Jæger를 중심으로 젊은 예술가들이 모여들었다. 뭉크는 한스 예게르에게 받은 영향 중 '인생을 기록하는 습관'을 키우게 된 점을 가장 중요하게 꼽는다. 람다의 전시에는 그의 이 기록들이 곳곳에 글자로 박혀 있다. 칼 요한 거리의 그랜드 카페는 그들의 아지트였고, 뭉크의 아틀리에는 그랜드 카페 지척에 있었다. 그룹은 정략결혼, 사회적 불평등에 주목해 결혼제도 폐지, 사회주의 도입을 주장했고 무정부주의자, 무신론자가 많았다. 1884년 여름, 뭉크는 화가 프리츠 타우로브가 운영하는 야외 아카데미에 참여했고, 그는 뭉크에게 선진 미술을 접할 수 있는 기회를 주었다. 1885년 안트베르펜 만국박람회와 파리의 박물관과 살롱전을 관람하게 했다. 이후 그린 〈습작〉, 즉 죽어가는 누이를 그린 〈아픈 아이〉 모티브가 뭉크의 예술 세계의 돌파구가 되었는데, 뭉크는 "사랑하는 이의 죽음은 단순한 관찰과는 달리 찢어지는 가슴으로 그린 것"이라면서 이 습작에서 자신의 모든 작품이 시작되었다고 말한다.

더 이상 실내에 있는 사람. 책 읽는 사람이나 뜨개질하는 여자들을 그려서는 안 된다. 살아 숨 쉬고, 느끼고, 아파하고, 사랑하는, 살아있는 인간을 그려야 한다. 나는 그런 종류의 그림들을 그릴 것이다. 사람들은 이것의 신성함을 이해하게 될 것이고, 모자를 벗어 경의를 표할 것이다.

가족들과 여름 휴가를 보내다 첫사랑 밀리를 만난 것도, 이 무렵의 일이다. 뭉크의 이십 대는 첫사랑—사교계의 유명 인사였던 신여성 밀리는 유부녀였다—의 실패, 결핵과 정신병으로 그늘이 드리워진 가정사, 화단의 냉대, 미래에 대한 불안감으로 가득 차 있었다. 예정된 실패인 첫사랑이었지만 밀리는 남녀 간의 사랑에 눈을 뜨게 한 신비로운 여성성의 상징으로 뭉크의 뇌리에 깊게 자리했다. 1889년 부친이 세상을 떠나고 당시 파리에서 공부하고 있던 뭉크는 건강 악화로 니스에서 요양한다. 1892년 그는 전시회 때문에 다시 베를린으로 떠났고 그곳에서 3년 이상 머물며 이른바 '검은 새끼 돼지파'^{모임 장소의 이름과 관련된 별칭으로 폴란드 문학가 스타니슬라브 프시비셉스키와도 교류한다}를 통해 직관과 감각의 표현에 집중한다. 이때 아름다운 외모와 거침없는 기질로 예술가들의 뮤즈 역할을 하던 다니그 율이라는 여성에 이끌리게 되었는데, 그녀의 영향으로 뭉크에게 여성이란 신비로운 생명력과 동시에 엄청난 파괴력을 지닌 존재가 되어 그것을 묘사한 화면엔 두려움과 공포가 적극적으로 표출되곤 했다. 〈손들〉, 〈마돈나〉, 〈뱀파이어〉 모티브는 모두 이 시기의 흔적들이다. 〈뱀파이어〉의 원제는 〈사랑과 고통〉이었다. '사랑'이라는 명제 아래 지속적인 작품 구상을 시작한 것도 이때의 일이다. 임신한 여성을 형상화한 〈마돈나〉를 설명하는 뭉크의 기록은 다음과 같다.

당신의 얼굴 위로 달빛이 흘러내린다. 거기에는 지상의 아름다움과 고통이 가득 차 있다. 지금, 이 순간 죽음과 생이 손을 맞잡는다. 수천의 죽은 선조들과 수천의 태어날 후손들 사이를 연결하는 사슬이 생긴다.

1895년 오슬로의 블롬크비스트 갤러리에서 전시회를 연 뭉크는 혹평을 면치 못한다. 그러나 이어진 베를린 전시에서는 인정받게 되면서 뭉크라는 이름은 오히려 논쟁의 장으로 불려 나오고, 그는 명성을 얻는다. 1896년부터는 다색 목판화와 석판화 작업을 시작했고, 1898년부터는 툴라 라르센이라는 여성과 교제했다. 안정적인 관계를 원하고 그에 대한 욕구가 채워지지 않자 뭉크에 점점 집착이 심해진 툴라로부터 거의 도망다니다시피 하던 그는, 고흐가 고갱과의 갈등으로 스스로 상해를 입힌 것에 비견되는 권총 오발 사고를 일으켜 당시 신문에 대서특필 된다. 사실 뭉크는 비극적인 가족사와 광기의 유전

〈인생의 춤(The Dance of Life)〉, 1925

〈여름밤의 꿈-목소리(The Voice, Summer Night)〉, 1896

을 두려워한 나머지 사랑의 좌절을 향해 스스로 걸어 들어간 것으로 보인다. 〈인생의 춤〉, 〈마라의 죽음〉 등에 등장하는 것은 모두 툴라의 얼굴이다. 모든 면에서 미숙했던 자신과 달리 원숙하고 신비로운 분위기로 예술계를 압도했던 첫사랑에 대한 그리움도 연이어 되살아나 〈여름밤의 꿈〉 시리즈에서는 밀리의 얼굴이 다시 등장한다. 생의 불안으로부터 출발한 신경쇠약, 강박관념 등으로 잦은 정신과 치료를 받던 그는 자연으로부터 안정감을 되찾게 되리라는 기대에서 1901년 여름 크리스티아나오슬로를 떠나 바닷가 마을인 오스고쉬트란드Åsgårdstrand로 작업 공간을 옮기고, 이때 〈다리 위의 소녀들〉이라든가 '생의 프리즈'에 포함될 작품들이 모습을 드러낸다. 지금도 남아있는 뭉크의 집은 소박하기 그지없는 어부의 오두막이다. 베를린이나 파리에서 주로 활동하며 단기간 머물던 장소였지만 이 집이야말로 뭉크 명의로 된 생애 첫 주택이었다.

당대의 선구자들이 그러하듯 뭉크의 작업은 아카데미즘과의 충돌로부터 시작되었다. 고국인 노르웨이에서는 두 번의 전시회가 전부였던 신인이었지만 독일과 스웨덴에서의 전시회를 통해 현대 미술의 선구자로 유럽 화단에 점차 이름을 알린 것이다. 진보적 화상 에두아르드 슐테와 만났고 소위 베를린 분리파를 형성했다. 이 시기부터 뭉크는 표제어가 붙은 시리즈로 작품 구상에 열을 올리게 된다. 이를테면 '사랑' 연작이라든가 인생의 장면들을 모은 '생의 프리즈' 연작이 시작되었던 것.

나의 예술은 가라앉는 배에서 무전 전신 기사가 보내는 경고 전신과도 같다. 하지만 나는 이 불안이 내게 필요한 것이라고 느낀다. 삶에 대한 두려움과 병이 없었다면 나는 키를 잃은 배와도 같았을 것이다.

베를린에서 파리로 옮겨 온 뭉크가 파리 미술계에 입성한수 있게 도운 이는 스웨덴 극작가 아우구스트 스트린드베리였다. 1904년 바이마르에서 니체의 여동생을 만난 뭉크는 1906년 기념비적인 니체의 초상화를 남긴다. 그러나 1933년 나치 정부가 들어서면서 모더니즘 예술에 대한 혐오가 일고 모든 아방가르드 미술에는 '퇴폐' 딱지가 붙는다. 개인적인 경험을 재창조하되 특히 정신적인 경험을 형상화하는 데 탁월했던 뭉크의 작업도 '퇴폐'의 사정권 안에 들었다. 뭉크의 삶은 고립의 장소로 끊임없이 도피하는 삶이었다 해도 지나침이 없다. 오로지 고독 속에서 자신의 예술 세계를 분해하고 재정립했는데 이는 니스, 오스고쉬트란드, 에켈리 시절에 걸쳐 두루 나타난다.

뭉크 일생의 대기획이었던 '생의 프리즈'를 보자. 오슬로의 전설적인 갤러리인 블롬크비스트 갤러리에서 '생의 프리즈'라는 이름을 걸고 전시회를 연 것은 물론 1918년의 일이다. 그러나 그 내용이 시작된 것은 1902년 베를린 분리파 전시회에서였다. 사랑이 시작되었다가 꽃을 피우고 사그라드는 것, 불안한 삶의 징후들, 그리고 덮쳐오는 죽음이 여기서 표현되었다. 블롬크비스트 전시 때 뭉크는 〈여름밤의 꿈/목소리〉,

오슬로대학 아울라

〈키스〉, 〈칼 요한 거리의 저녁〉, 〈절규〉, 〈마돈나〉, 〈뱀파이어〉,
〈스핑크스/여자의 세 단계〉 등의 작품을 이 '생의 프리즈'에
포함했고 이후에도 새로운 작품들이 추가되었다. 다른 '프리
즈'들은 주문자커미셔너의 의도와 희망이 반영된 일련의 결과물
들로, 린데 프리즈1904, 라인하르트 프리즈1907, 프라이아 프리
즈1922 등이 있다. 린데 박사는 뤼베크의 안과의사로 뭉크의
후원자였고, 막스 라인하르트는 베를린의 극장주였으며, 프라
이아는 노르웨이 제일의 초콜릿 제조업체다. 물론 뭉크는 이
프리즈들 속에서도 자신의 주제를 변주하며 형식적 실험을
멈추지 않았다.

　　오슬로 대학 대강당인 아울라Aula 벽화 작업을 계기로 뭉
크는 개인적 경험에서 주제를 확장해 역사와 공동체 의식을

에켈리 뭉크하우스

형상화할 기회를 얻게 되는데, 당시 노르웨이를 둘러싼 현실은 다음과 같았다. 1814년 나폴레옹 전쟁의 여파로 덴마크 왕국은 노르웨이에 대한 지배권을 스웨덴 왕국에 넘겨주었는데, 1890년대 말부터 노르웨이는 외교권을 되찾아오려는 움직임을 활발히 벌였고 1905년 8월에는 드디어 독립을 이루었다. 공모전 우승을 통해 독립국 노르웨이의 정체성을 대형 벽화로 보여줄 기회를 얻은 뭉크에게도 이는 새로운 도전이 되었고 이제 그는 더 이상 해외를 떠도는 조각배로 살지 않았다. 베를린과 파리를 오가던 뭉크는 1909년 노르웨이 크라게뢰에 자리 잡고 아울라 벽화 작업을 준비하기 시작했고 1910년에는 비트스텐 농장을 구입, 1916년에는 그가 세상을 떠나기까지 머물며 작업했던 오슬로 외곽의 에켈리에 토지와 가옥을 구매한다. 그리고 거기서 아울라 벽화가 완성되었다. 숭고한 학문의 정신으로 어머니의 모습을 한 알마 마터Alma Mater가, 아이에게 이야기를 들려주는 인자한 노인의 모습을 한 역사History가, 장엄한 자연의 모습을 형상화한 태양The Sun이 강당의 삼면을 가득 채웠다.

1920년대부터 뭉크는 정원을 돌보거나 잘 가꾼 열매를 수확하거나 만개한 꽃과 함께 있는 여인의 모습 등 전에 없는 모습들을 화폭에 담았다. 상대적으로 넓은 부지를 차지하고 있는 에켈리 뭉크 하우스지만, 여기서도 눈에 띄는 것이라고는 천장을 유리로 얹어 자연 채광이 쏟아져 들어오게 만든 높은 천장의 단순 구조물인 아틀리에와 정원의 아름드리 사과나무뿐이다. 그곳은 물론 해가 지면 별이 빛나는 밤이 축복처럼 머리 위로 쏟아져 내리는 곳이다. 1930년 그는 눈에 이상이 생겨 일시적으로 실명 위기에 이르기도 했는데, 뭉크는 이때조차 내면의 눈으로 보이는 것이 따로 있다며 눈의 이상 증상으로부터 남는 잔상을 종이에 옮기기도 했다. 롤프 스테네르센은 뭉크의 전기에서 이 시기 그가 남긴 이미지가 무의식의 충동적 표출이라고 해석된다면서 그를 초현실주의 작가로 볼 수도 있을 것이라고 주장하기도 했다. 람다는 그의 주장을 인용하면서 막스 에른스트나 살바도르 달리, 호안 미로 등의 작품들과 함께 전시실을 꾸미기도 했다. 말년의 뭉크는 나치 치하에서 작품들이 훼손될 것을 우려해 전 작품을 오슬로시에 기증했고 1944년 80세를 일기로 기관지염으로 사망한다. (뭉크 탄생 100주년을 맞아 1963년 그뤼네르뢰카 남쪽 지구인 퇴옌에 뭉크미술관을 개관했고

빌라 스테네르센 내부

2021년에 비외르비카에 새 미술관이 둥지를 틀게 된 것이다.)

　　에켈리 시절 칩거하는 뭉크와 거의 유일하다시피 자주 만나고 후원을 아끼지 않았던 사람은 사업가이면서 전기, 희곡작가이기도 했던 롤프 스테네르센이다. 육상 선수로서의 업적도 뛰어났고 안목 있는 예술품 수집가이기도 했던 그는 뭉크의 그림을 가장 많이 매입한 사람이기도 하다. 〈밤의 방랑자〉, 〈별이 빛나는 밤에〉, 〈시계와 침대 사이의 자화상〉이 이 시기의 대표작이다. 스테네르센은 노르웨이 미술 수집품은 아케르시에, 외국 미술품 컬렉션은 베르겐시에 기증했는데, 그의 뛰어난 안목은 건축가 아르네 코르스모가 설계한 빌라 스테네르센^{1937~1939}에서 느껴볼 수 있다. 람다는 맨 위층 전시실 전체를 스테네르센에 할애해 그가 후원한 뭉크와 다른 재능있는 노르웨이 화가들의 작품을 조명한다.

찬 바람이 이는 계절의 해 질 녘 오슬로의 하늘빛은 〈절규〉와 똑같다. 1892년에 쓴 뭉크의 노트에 〈절규〉 모티브가 된 에케베르그 언덕의 노을 속 기억은 이렇다.

> 친구 두 명과 함께 나는 길을 걷고 있었다. 해는 지고 있었다. 하늘이 갑자기 핏빛의 붉은색으로 변했다. 그리고 나는 우울감에 숨을 내쉬었다. 가슴을 조이는 통증을 느꼈다. 나는 멈춰 섰고, 죽을 것같이 피곤해서 나무 울타리에 기대고 말았다. 검푸른 피오르와 도시 위로 핏빛 화염이 놓여 있다. 내 친구들은 계속 걸어가고 있었고, 나는 흥분에 떨면서 멈춰 서 있었다. 그리고 나는 자연을 관통해서 들려오는 거대하고 끝없는 비명을 느꼈다.

람다의 개관에 맞춰 초대된 영국의 아티스트 트레이시 에민은 스스로 뭉크에 깊은 영감을 받았음을 노골적으로 드러내 왔다. 이번에 그녀는 뭉크가 이미지로만 보여주던 비명을 하늘과 물과 반사된 빛 속에서 '소리'로 뱉어냈다. 사실 비명을 지르는 건 사람이 아니라 자연이라고, 그는 그저 그 자연이 지르는 비명에 놀라 귀를 틀어막는 것이라고 뭉크가 밝히고 있지 않나. 그러고 보면 뭉크의 그림 속 주인공처럼 에민의 비명을 듣는 우리도 두 손으로 귀를 막고 놀란 표정으로 알 수 없는 두려움에 빠져드는 것. 이 비명은 트레이시 에민 전시실을 완전히 빠져나갈 때까지 소름 끼치게 계속된다.

뭉크와 니체, 트레이시 에민에까지 이르고 보면 덴마크 감독 라스 폰 트리에의 영화 〈안티크라이스트〉가 떠오르기도 한다. "괴물과 싸우는 사람은 그 싸움 속에서 스스로도 괴물이 되지 않도록 조심해야 한다. 우리가 괴물의 심연을 오랫동안 들여다본다면, 그 심연 또한 우리를 들여다보기에"라는 니체의 저 유명한 말에서 뭉크도 라스 폰 트리에도 출발하고 있기 때문이다. 헨델의 〈울게 하소서〉가 흐르고 악의 근원인 자연 속에서 고통과 절망과 비탄에 빠진 인간이 두려움의 직시라는 불가능 앞에서 무력하게 쓰러진다. 쾌락과 두려움과 삶과 죽음의 탐구자 뭉크는 영화 속에서 여자가 자신의 혼란스럽고 광기에 찬 본성을 마주했기 때문에 숲에 가기를 두려워했던 것과 마찬가지로 자연이 내지르는 비명 속에서 홀로 비탄에 빠진다. 나는 전시실을 완전히 빠져나오기 전엔 으레 자화상이 모여있는 벽으로 다시 다가간다. 두려움과 직면하고자 했던 사람이 많은 자화상을 남길 때의 고통은 상상하기 어렵지 않다. 그런데 이렇게나 많은 자화상이라니! 지옥의 화염을 등지고 버티고 서 있거나, 술병을 앞에 놓고 있거나, 넓은 공간 한구석에 몸을 숨기거나, 자연 속에서 가까스로 평온을 되찾게 되거나, 현기증으로 눈을 바로 뜨려 애쓰거나, 헐벗은 나무들을 배경으로 서 있거나, 주체할 수 없는 자의식으로 괴로워하는 얼굴들! 그는 한때 유럽에서 표현주의의 선구자로 추앙받기도

〈시계와 침대 사이의 자화상(Self-Portrait between Clock and Bed)〉, 1940~1943

했고 후대 평론가들에 의해 큐비즘이나 초현실주의의 기수로 주장되기도 하지만 그는 유파 활동 자체를 일찌감치 폐기 처분하고 자신의 관심을 오로지 인간 정신과 심리 상태의 효과적 시각화에만 집중했다. 람다의 전시실에 걸린 스케치와 판화의 다양한 버전들은 그가 숱한 실험을 거쳐 길어낸 숙련된 기법으로 드디어 격정적인 감정들을 포획해내었음을 증명한다. 그 노력이 관람자에게 직관적인 힘으로 작용한다.

말년의 자화상 중 〈시계와 침대 사이의 자화상〉이 눈에 들

Edvard Munch
1863 - 1944

뭉크의 묘

어온다. 왼쪽의 괘종시계는 현재를, 오른쪽의 침대는 예정된 죽음을, 뒤편 벽의 그림들은 창작자로 살아온 그의 생애를 대변한다. 그리고 무언가 단단히 준비를 마친 그가 곧은 자세로 서 있다. 그는 죽음을 직시하고자 했고 마지막 순간까지 기록자와 해석자의 임무를 소홀히 하지 않았다. 그가 그린 마지막 자화상은 〈새벽 2시 15분〉이다. 안락의자에서 몸을 일으키지 못한 채 정면을 주시하는 그의 얼굴은 죽음을 끝까지 주시하며 그 순간을 제대로 느껴 보겠다는 결의로 보인다. 얼굴이 마른 이 신경증의 남자는 성한스하우겐St. Hanshaugen공원과 성올라프교회St. Olav's catholic church 사이 우리구세주묘지Our savior's cemetery에 묻혔다. 남은 것은 작은 흉상이 올려진 단출한 비석 하나뿐이다.

다정히 마주 보고

19세기 말 20세기 초의 러시아 이동파 화가 블라디미르 마코프스키는 평범한 하루의 '바로 그 순간'을 포착하는 데 남다른 안목을 지녔다. 그는 사회 고발적 주제들을 폭넓게 다루었지만 마음 한편에 따스함이 스며드는 겨울 실내 그림도 그의 작품 목록에 포함된다. 제목 〈Tет-a-тет〉는 물론 불어에서 왔다. 둘이서, 머리를 맞대고, 마주 보고, 소곤소곤. 검은 두건의 노부인은 벽 쪽에 등을 대고 앉은 흰 두건 쓴 부인의 방에 초대되었다. 의자와 탁자에는 흰 천이 씌워져 있고(할머니들은 뜨개 레이스나 무명천으로 가구를 뒤집어씌우는 걸 좋아한다), 동으로 된 찻주전자와 크지 않은 찻잔이 손님 접대угощение에 필요한 기물들이다. 반려동물도 주인과 똑 닮았다. 정적인 자세에 비해 둘의 생동감 넘치는 표정과 빛나는 눈동자가 대화의 내용을 짐작하게 하며 흥미진진한 호기심을 자아낸다. 바닥에는 오래된 양탄자가, 벽에는 대대로 물려받은 듯한 초상화와 판화들이 있어 부인의 지난 '세월'이 결코 가볍게 치부될 것이 아님을 보여

블라디미르 예고로비치 마코프스키, 〈Тет-а-тет〉

준다. 이 방의 핵심 공간은 사실 구석에 있다. 왼편 끝에 언뜻 금빛으로 반사되는 크라스늬 우골красный угол — 동방정교의 성화 이콘으로 꾸민 성스러운 코너, 이 방 주인의 지향점이다. 러시아인들에게 붉은 것은 아름다운 것이고 최고의 가치를 지닌 것, 심지어 성스러운 것이라 형용사 '크라스늬'는 붉은 것이자 아름답고 신성한 것이겠는데 그래서인지 노부인의 옷도 사랑스러운 강아지의 옷도, 전통이 묻어나는 양탄자도 모두 붉고 아름다운 것으로 화가는 담아냈다. (사랑스러운 강아지는 두 부인의 관계가 신의로 맺어져 있고 둘 사이의 대화는 진실하다는 상징으로 읽히기도 한다.) 가치는 구석에서 여전히 소중하게 빛을 발한다. 그러나 일상을 채우는 당신이라는 존재야말로 신성함이 고이는 기물이다. 찻주전자와 찻잔 두 조만 있으면 가까이 사는 친구가 살살 지팡이 짚고 들러 이런 얘기 저런 얘기 나누며 슬쩍 졸다 가는 그런 노년, 얼마나 당당하고 자연스러운 시간의 마무리인가 싶다. 분리와 단절의 시대에 참으로 새삼스럽다.